갈월동 반달집
동거기

갈월동 반달집 동거기

정송이
쓰고 그림

차례

어서 오세요,
갈월동 반달집입니다!

따뜻한 해방촌 불빛이 아슬아슬하게 비치는 남산 자락, 숨 가쁘게 복잡한 서울역에서 딱 한 정거장 떨어진 곳 '갈월동'. 대로변에서 방향을 꺾어 좁은 언덕길로 올라가면 남산타워를 향해 빼꼼 고개를 내민 100년 된 적산가옥 한 채가 있다. 나 '자버'와 남자친구 '설쌤'이 동거 중인 반달집이다. 진짜 뜻은 따로 있지만 우리는 동네 이름인 갈월을 渴(목마를 갈), 月(달 월)을 써 craving moon, 달을 갈망하는 마음으로 해석했다. 갈월동 적산가옥이 '보름달이 되고 싶은 반달 둘이 사는 반달집'이라 불리는 이유다.

　　반달 둘은 나와 설쌤이다. 워낙 욕심이 많은 두 반달은 각각 보름달이 되길 원하지, 둘이 합쳐 하나의 보름달이 될 생각은 없다. 좋아하는 것도 많고 하고 싶은 것도 많은 우리여서 그런가. 여전히 결혼은 영 구미가 당기지 않는다. 그냥 서로 사랑하며 살 뿐, 아직은 법 앞에서 혹은 남들 앞에서 평생을 함께하겠단 약속은 하고 싶지 않다. 조금 더 오만하게 말하자면, 우리 사이에 그런 약속이 굳이 필요하지 않은 걸지도.

　　걱정 많고 예민한 내가 어떻게 남자친구와의 동거를 덜컥 결심하게 됐을까? 마냥 즉흥적인 선택은 아니었지만 치밀한 계획 아래 시작한 일도 아니었다. 그런 우리가 어느덧 반달집에서 세 번째 여름을 맞이한다는 사실이 새삼 놀랍다. 이 책은 결혼과 동거 혹은 다른 결정적인 선택을 앞둔 누군가를 위한 지침서가 아니다. 몇 번의 이별 위기를 거쳐 동거를 결심하고 동거 공간이 된 반달집을 찾아 같이 생활하기까지 겪어온 많은 고민과 선택의 생생한 기록일 뿐이다. 결혼은 부담스럽지만 연인과 함께할 터전을 꾸리고 싶은 사람이 오직 나 하나는 아니며, 이 이야기에 귀 기울여줄 사람들이 많으리란 확신에 가까운 짐작을 해본다.

좋아하는 것을 좇다 보면 좋은 사람을 만나게 되고, 좋은 사람과 어울리다 보면 좋은 일을 도모하게 된다고 믿는다. 지극히 개인적이고 매우 사소한 나의 이야기를 굳이 세상에 꺼내는 이유가 거기에 있다. 누군가는 이해 못 하고 누군가는 터무니없다 여길 수 있지만 또 어찌 알까? 갈월동 반달집을 향한 애정 넘치는 이 글이 또 어떤 좋은 인연으로 이어질지. 그래서 말인데요,

"여러분을 초대합니다. 반달 둘이 살고 있는 갈월동 반달집으로."

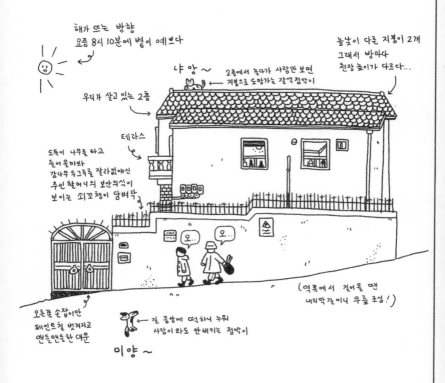

해가 뜨는 방향
요즘 8시 10분에 볕이 예쁘다

놓낮이 다른 지붕이 2개
그래서 방마다
천장 높이가 다르다...

냐 앙~

2층에서 놀다가 사람만 보면
지붕으로 도망가는 갈색 점박이

우리가 살고 있는 2층

테라스

도둑이 나무를 타고
들어올까봐
감나무 두그루를 잘라없애신
주인 할머니의 보안의식이
보이는 쇠꼬챙이 담벼락

오... 오...

오른쪽 손잡이만
페인트칠 벗겨지고
맨들맨들한 대문

길 중앙에 떡하니 누워
사람이 와도 안 비키는 점박이

(역 쪽에서 걸어올 땐
내리막 길이니 우둘 조심!)

미 양~

9

1장

우리,
같이 살아볼래?

"우리, 같이 살아보면 어때? 둘이 돈을 합치면 괜찮은 집을 얻을 것 같아!"

스물여덟 봄, 설쌤과 만난 지 3년 차에 접어들던 때였다. 살면서 언젠가는 꼭 듣고 싶은 말이었다. '같이 살자.' 설쌤의 입에서 그 말이 나오자마자 왈칵 눈물을 쏟을 뻔했다. 안타깝게도 기쁨이 아닌 절망의 눈물이었다. 그건 프러포즈급으로 생애 가장 로맨틱하고 감동적인 멘트여야 했다. 하지만 우린 동네 스타벅스에서 추레한 차림으로 커피를 마시는 중이었고, 설쌤의 말투는 마치 '기프티콘 있는데 그걸로 계산할까?'

라는 제안과 다를 바 없이 무난하고 평범했다.

애매하게 다짜고짜 같이 살자니? 나를 진지하게 결혼 상대로 생각한다는 건가, 아니면 그냥 하우스메이트가 필요하다는 건가? 아무래도 돈 얘기를 꺼낸 걸로 보아 후자가 맞는 듯했으나 인정하고 싶지 않았다. 나의 로망을 설쌤이 미리 알았을 리 만무하지만 그 말을 듣는 순간 내 마음은 걷잡을 수 없는 속도로 망가져 갔다.

"설쌤한텐 내가 그냥 돈 보태는 사람이야?"

버럭! 듣고 싶은 말을 원하지 않는 분위기에서 맞닥뜨렸다는 이유만으로 마음이 비뚤어지고 입엔 날이 섰다. 당황한 설쌤은 상황을 수습하려 애썼지만 이미 칼부림 태세로 돌입한 입을 도무지 제어할 수 없었다. 가족과의 생활을 거쳐 언니와 서울에서 자취한 시간까지 누군가와 함께 사는 일이 쉽지만은 않았다. 그래서 함께 살아보지 않겠냐는 말은 내겐 너무너무 큰 의미가 있었다. 고통을 나누고 희생을 감수하겠다는 결심 없이 할 수 있는 말이 아니었다. 이 세상에서 가장 순도 높고 깊이 있는 사랑 고백과도 같았다. 언젠가 소중한 사람에게 정성스러운 고백으로 듣고 싶다고 늘 생각해왔는데 하필, 그날, 그렇게, 예고도 없이 들어버렸으니! 마침 뒤에 바로 따라붙은 '돈'이라는 단어 때문에 더 처참했다.

머리로는 이해했다. 설쌤에게 '같이 살아보면 어때'라는

말은 그렇게까지 중대한 고백이 아님을. 서울살이 하는 누구나 그렇듯 주거 고민 끝에 생각해낸 한 가지 묘안이었을 게다. 설쌤은 당시 작업실 한구석에 마련된 잠자리에서 하루하루 버티며 집을 찾아보고 있었다. 하지만 예산 내에서 마땅한 곳을 구하지 못해 이래저래 궁리하다가 나와 함께 사는 방법을 떠올린 모양이었다. 머리로는 모든 상황을 이해했다. 그저 '아' 다르고 '어' 다른 말하기 기술을 터득하지 못한 설쌤의 솔직 담백함이 원망스러울 따름!

"같이 살자는 말은…… 그렇게 쉽게 하는 게 아니잖아……
난 일생일대의 프러포즈로 듣고 싶었어."

온갖 비난으로 설쌤을 조질 대로 조져놓고서야 분이 풀
린 나는 고백했다. 굉장히 자존심 상하는 일이었다. 연인에게
자기 입으로 어떤 프러포즈 로망을 품고 있는지를 알려줘야
하는 상황. 나라는 어려운 문제를 두고 긴긴 고생 끝에야 겨
우 풀 수 있는 달콤한 비밀 숙제였는데 말이다! 그렇다고 이유
도 모른 채 얻어맞은 사람처럼 어안이 벙벙해하는 설쌤을 방
치해둘 수는 없었다. 설쌤 얼굴에 아차 하는 표정이 떠올랐다.
그리고 조금은 억울한 듯 한숨을 한 번 내쉬고 조심스레 한마
디를 덧붙였다.

"현실적인 이유로 같이 살자고 한 건 맞지만, 누군가와
같이 살아봐도 좋겠단 생각이 든 건 자버가 처음이었어."

'콕' 하고 설쌤의 한마디가 가슴에 박혔다. 같이 살아봐도
좋겠단 생각이 든 건 내가 처음이었다는 설쌤의 말이, 어디에
자리 잡고 무엇으로 자라날지 모르는 정체불명의 씨앗처럼.
그 씨앗을 당장에라도 꽃으로 틔워 설쌤에게 꺾어다 바치고
싶은 충동이 일었다. 하지만 자존심이 절레절레 고개를 저었
다. 이미 때는 지나가고 말았으니까. 이 사달이 나기 전에 저
말부터 했으면 얼마나 좋아! '변명이야, 뭐야? 맨 마지막에 덧
붙일 건 또 뭐냐고! 표정은 왜 쓸데없이 진솔한 건데?' 온갖 원

망과 함께 그날의 대화는 끝나고 말았다.

고백 아닌 고백을 들은 후로 싱숭생숭해진 마음은 시시각각 나를 옥죄었다. 누군가의 한마디에 이리 휘청 저리 휘청, 나락과 천당을 오간 상황에 자존심이 상했다. 사랑은 참 어렵다. 서로 다른 둘이 섞여 하나가 되고 싶다가도 자신만의 색을 잃을까 봐 두렵기도 하니. 문득 하루 이틀이 아니라 20대 내내 연애 중이었다는 사실이 거북해졌다. 인생에서 중요한 시기에 항상 옆에 연인이라는 큰 존재가 있었다니.

그 낯섦의 중심에는 낭창하게 멍만 때리다 중요한 이벤트를 놓치고선 아차! 비명을 지를 것 같은 불쾌한 예감이 자리 잡고 있었다. 어느 순간부터 난 누군가에게 의존하지 않고는 판단을 내리지도, 감정을 받아들이지도 못하는 사람이 되어 버린 게 아닐까 하는 불쾌감. 마음 어귀에서 윙윙 맴돌던 목소리 하나가 갑자기 탁! 하고 옳은 주파수를 만나 크고 선명하게 머리에 냅다 꽂혔다.

'나 어쩌면 지금 당장 연애를 그만둬야 할지도 모르겠어.'

우리,
잠깐 연애를 쉬어보자

한 사람이라는 우주를 탐험할 수 있고, 가난해도 마음 충만한 행복을 누릴 수 있는 연애. 그런 연애가 오히려 나의 세상을 제한하는 울타리였을지도 모른다는 생각에 괴로웠다. 연인의 말 한마디에 오락가락하는 마음이 내 것이 아닐 수 있다는 아득한 두려움을 맛봤다. 모든 순간을 연인과 함께 나누는 데 익숙해져 어느샌가 내 마음은 홀로 기능할 수 없게 된 걸까? 나라는 존재의 순수한 색은 무엇일까? 알게 모르게 스며든 연인의 취향을 걷어내고 오롯이 나의 선택으로만 시간을 채우면 어떻게 될까? 설쌤과 연애 3년 차에 접어들던 스물여덟, 머릿속은 질문으로 가득했다.

헤어지는 게 아니라 잠시 쉬어간다면 어떨까? 몸속 독소를 빼는 디톡스 다이어트처럼 연애도 디톡스 기간을 갖는 거다. 남자친구 의존증을 빼기 위해 잠깐만 떨어져 지내봐도 괜찮지 않을까? 탁월하고 이기적인 발상이었다.

"우리 잠깐 연애를 쉬어보는 게 어때? 헤어지자는 게 아니야. 연애 디톡스를 해보고 싶을 뿐이지."

설쌤은 순순히 제안을 받아들였다. 그것참 괜씸하네, 할 만큼 흔쾌한 수락이었다. 본인은 혼자서 알차게 보낸 시간 덕분에 건강한 30대가 될 수 있었다며 설쌤은 내게 혼자만의 시간을 즐겨보라고 적극 응원까지 했다. 연애 디톡스의 취지는 그렇다 쳐도 결국 한동안 만나지 말자는 얘긴데, 기다렸다는 듯 넙죽 받아들이다니. 자존심 상한 티는 내지 않았다. 이 허무맹랑한 프로젝트를 실제로 벌일 생각을 하니 두근두근 설렘이 앞서기도 했으니까.

우린 두 달 뒤에 만나자는 약속을 하고 헤어졌다. 막상 일거수일투족을 공유할 사람이 사라지니 마음이 허해서 하루하루를 기록하기 시작했다. 무엇을 했는지, 마음은 어땠는지 세세히 적었다. 나중에 설쌤에게 일기를 보여주며, 같은 시간대 어떻게 보냈는지 물어봐야겠다는 흐뭇한 상상을 하면서 말이다.

평범하지만 새로운 날들이었다. 뭔가를 혼자 하는 것 자체는 어렵지 않았다. 다만 언제든 어디든 따라다니던 시선 하나가 사라진 느낌이 어색할 따름이었다. 목격되지 않은 채 흘러간 나의 행위는 리코딩 버튼을 누르지 않은 캠코더처럼 프레임 단위로 휘발되었다. 누군가의 의견을 물어볼 새도, 들어볼 새도 없이 나의 순간은 공기 중으로 흩어져 사라지기만 했다. '맛있었다, 즐거웠다, 뜻깊었다' 하는 홀로 감상평은 온전한 내 마음이라 좋았지만, 동시에 누군가와 나눌 수 없어서 씁쓸했다. 그럴수록 일기장을 벗 삼아 기록에 더 매달렸다.

2주 정도 지났을까, 경악하고 말았다. 일기장엔 온통 설쌤, 설쌤, 설쌤 얘기만 한가득이었다. 이게 무슨 일이야? 연애 디톡스를 하지 않을 때보다 설쌤 생각을 더 많이 하잖아? 일기는 죄다 "설쌤은 지금 어디서 무엇을 하고 있을까?"라는 추리로 시작해서 "설쌤을 만나면 얼마나 보고 싶었는지를 말해줘야겠다"는 몽글몽글한 다짐으로 끝나 있었다. 제기랄, 내가 생각했던 연애로부터의 독립은 이런 모습이 아니었는데! 나에게 집중하기는커녕 옆에 없는 설쌤 생각만 하다니, 같이 있을 때보다 더 많은 시간을 함께하는 것과 다름없었다. 완전 망했군!

　　'내가 이만큼 보고 싶은데, 설쌤은 오죽할까!' 그 길로 곧장 버스를 타러 갔다. 규칙을 어기면 벌금을 내기로 한 약속도 전혀 개의치 않았다. 무슨 상관이랴, 지금 당장 설쌤이 보고 싶은데! 나는 감정이 벅차올라 눈물을 그렁그렁 매단 채로 버스에 올랐다. 막차였다.

　　내가 마주한 건 깜깜한 작업실 창문이었다. 설쌤은 부재중인 듯했다. 아무리 살펴봐도 움직임이 없었다. 만나기로 한 것도 아니고 설쌤이 거기 꼭 있으란 법도 없었는데, 마치 바람맞은 사람처럼 마음에 생채기가 났다. 불쑥 화가 났다. 나는 이렇게 보고 싶어서 이 늦은 시간에 달려왔건만, 설쌤은 나만큼 보고 싶은 마음이 없었다는 말인가? 그냥 가려니 발걸음이 떨어지지 않아서 작업실 문틈으로 "다녀가요"라고 쓴 쪽지를 남겼다. 차도 다 끊겨 택시를 타고 집에 돌아오는 사이 마음 한편에서 무언가 푹 꺼지며 와르르 무너지는 걸 느꼈다. 자존심이었다.

"혹시 작업실에 왔었어요? 나 그때 저녁 약속이 있어 밖에 나갔는데……."

다음 날, 설쌤이 남긴 문자 메시지를 보고 엉엉 울었다. 설쌤을 보고 싶은 마음에 헐떡대며 달려가던 그때 설쌤은 다른 친구를 만나 맘 편히 하하 호호 떠들어댔을 상상을 하니 너무 속상했다. 청승맞게 사랑 고백에 가까운 일기는 왜 썼는지, 연애 디톡스 따위를 왜 하자고 했는지, 스스로 느끼기에도 참 지랄 같다 생각하며 오열했다. 어이없게도 이것이 내 생애 첫 연애 디톡스의 결말이다. 스물여덟의 홀로서기는 완전히 실패로 끝나버렸다. 약속한 시각보다 훠-얼-씬 일찍. 심지어 나의 일방적인 약속 파기로 인해.

반년이라는 시간이 흘렀다. 일부러는 아닌데 설쌤과의 연애 역사상 가장 무미건조한 시간을 보내게 됐다. 둘 다 일 때문에 정신없이 바쁜 나머지 안부 인사를 나누는 게 연락의 전부인 날도 종종 있었다. 설쌤은 내가 없으면 어떻게 될까? 야속하게도 일도 열심히 하고 사람도 즐겁게 만나고 취미 생활도 알차게 하는, 그러니까 아주 잘 사는 설쌤의 모습이 선명히 그려졌다. "설쌤은 나 없이도 잘 살 수 있을 것 같아?" 날카로운 질문으로 덮어뒀던 진실을 한 겹 벗겨봤다. "난, 설쌤이 나 없이 잘 사는 모습이 상상이 돼. 요즘 우리 모습을 보면 더더욱. 그래서 말이야, 연애 디톡스 딱 한 달만 더 해볼래?"

그렇게 갑자기 우리의 두 번째 연애 디톡스가 시작됐다. 저번과 다른 점은 내가 설쌤에게 숙제를 내줬다는 점이다. 설쌤에게 내가 없어도 잘 살 수 있을지 체험해보고, 괜찮다는 결론이 난다면 진지하게 이별을 고려해보자고 제안했다. 치명적인 제안이었지만 설쌤 또한 두 번째 연애 디톡스의 필요성을 충분히 이해했다. 혼자이기 싫어서 하는 연애는 싫었다. 계속해왔으니 계속하는 연애는 더욱더 싫었다. 우리 관계엔 분명히 변화가 필요했다.

첫 연애 디톡스 때와는 다르게 이상하리만치 설쌤 생각이 나지 않는 나날을 보냈다. 책도 많이 읽고 글도 쓰고 생각도 많이 했다. 하루하루가 너무 알차서 이대로만 시간을 보내면 더 괜찮은 내가 되리란 기대감까지 차올랐다. '그 책의 그 문장 괜찮았지? 오늘 하늘 참 예뻤지? 그때 그 말은 참 잘했어.' 나는 나에게 말을 걸었다. 내 생각과 기분에 민감해졌다. 사랑하는 이든 존경하는 이든 그 누구의 이해와 인정도 필요 없는 상태가 편하고 좋았다. 나 혼자여도 괜찮겠다는 생각이 튼튼하게 맘속에 자리 잡기 시작했다. 어떤 바람이 불어도 전처럼 흔들리지 않으리란 확신이 섰다. 동시에 어쩌면 남자친구 없이도 잘 살 수 있음을 증명했으니 이별이란 결론에 이를 수 있다는 슬픈 예감도 들었다.

'아니, 왜 다리에 깁스를 하고 있지!?' 하필 디톡스가 열흘 정도 남은 시점에 SNS에서 우연히 다리를 다친 채 절뚝이는 설쌤을 보고 말았다. 아무 맥락 없이 설쌤에겐 지금 내가 필요하겠다 싶었다. 다친 다리를 낫게 해줄 것도 아닌데, 아플 때 곁에 있어주지 못한 게 미안했다. '설쌤은 내가 제일 아껴줄 수 있어. 대가를 바라는 마음이 아니야. 내 마음을 표현하는 건 내 자유야.' 곧장 설쌤에게 전화했다. 두 번째 연애 디톡스도 나의 일방적인 연락으로 그렇게 끝나고 말았다.

설쌤은 그간 정리한 생각을 조곤조곤 이야기했다. 하루이틀 고민한 것 같지 않았다. 실제 마음의 크기와 표면적으로 드러나는 표현의 크기가 꼭 일치하지 않는단 말을 꼭 하고 싶다고 했다. 본인도 노력하겠지만 나 또한 애정의 크기를 의심하지 않는 노력을 해달라고 당부했다. 설쌤이 많이 고민해줘서 고마웠다. 고민의 결론이 함께하기 위해 노력하자는 내용이어서 행복했다.

그날 이후로 모든 게 다시 시작된 기분이었다. 처음 연애하는 것처럼 설레고 신났는데, 따지고 보면 주체적으로 사랑을 하는 건 처음이었다. 연인에게 사랑받고 싶어서 하는 연애가 아니라, 내가 사랑을 주고 사랑을 표현하는 것만으로도 충만하고 행복했다. 머릿속에 상주하던 마음의 계산기는 어느새 산산이 조각났다. 생각이 줄고 마음은 늘어났다. 이 사람과 평생을 함께해도 권태롭지 않을 자신감이 생겼다. 만남은 우연일지 몰라도 관계는 끊임없이 만들어가는 작업물이다. 우리는 훌륭한 작품을 만들고 있었다.

이런 과정으로 태어났다. 설쌤이 나에게 먼저 말했다가 둘 사이의 금기어가 됐고, 그사이 두 번의 연애 디톡스를 거쳐 이젠 내가 설쌤에게 하고 싶은 말. "함께 살아보지 않을래?"

4년 차 직장인, 다시 신입이 되다

만나자마자 잘못된 만남임을 직감하는 순간이 있다. 2020년 초여름, 우연히 한 광고 회사의 신입 카피라이터 모집 공고를 발견한 순간이 딱 그랬다. 당시 나로 말할 것 같으면 일 찌감치 취준생 딱지 떼고 한창 물오른 5년 차 PD에, 딱 한 달만 더 버티면 300만 원짜리 포상 휴가를 갈 참이었다. 배부르고 등 따습고 더 바랄 것이 없는데 웬 신입 카피라이터? 쯧! 혀를 차고 고개를 절레절레 저었지만 야속하게도 두근거리는 마음을 감출 수 없었다. 취업과 함께 뿌리째 뽑힌 줄 알았던 카피라이터를 향한 막연한 욕망이 가슴 한쪽에 버젓이 살아 있을 줄

이야. 작은 두드림에 불쑥 고개를 내민 욕망은 내 온 정신에 화르르 불을 지피고 말았다. 삶에 변화를 주고 싶다는 바람이 이런 식으로 이루어지는 건가, 생각하기엔 너무 큰 변화였다.

'떨어지면 어때? 그래 봤자 월 몇백씩 받는 직장인으로 돌아갈 뿐이잖아.' 무데뽀로 자기소개서를 쓰기 시작했다. 언제 글이 제일 잘 써지냐면, 글 쓰라고 시킨 사람 없고 그 글로 입을 손해 없을 때다. 제멋대로 신나게 쭉쭉 글이 뽑혀 나왔다. 이렇게까지 꾸밈없이 오직 '자기소개'에 충실한 자소서를 쓴 적 있었나? 있는 그대로의 나를 소개하는 것 외엔 아무런 목적 없는 자기소개서 말이다. 판에 박힌 일상을 붕어빵처럼 찍어내는 단물 빠진 회사원이 오래간만에 자기 매력을 어필하는 글을 쓰자니 설레고 신선할 수밖에 없었다. 덕분에 다음과 같은 자소서가 완성됐다.

어느 날 악마가 제 앞에 툭 하고 튀어나와 난데없이 묻습니다. "넌 무엇이냐?" 당황스러운 맘에 저는 "서울 사는 아무갭니다"라고 대답해버릴 뻔하지만 그럼 제 본새가 영 멋들어지지 않을 것 같아 망설여집니다. 마치 우산을 처음 보는 아이에게 우산을 쥐여주며 "그건 우산이란다"라는 한마디만 해주고 비 오는 바깥으로 내모는 것만큼 무책임한 대답이니까요. 잠시 마음을 가다듬은 저는 늘 생각해오던 한 문장을 내뱉습니다. "좋아하는 일을 좇다 보면 반드시 좋은 사람을 만나고, 그러다 종종 좋은 일도 일어난다고 믿으며 사는 사람입니다." 반드시 그렇게 살기로 했다는 다짐이 아니라 살다 보니 자연히 머리에 스민 깨달음입니다. 선물 같은 좋은 일들이 어떻게 나에게 찾아왔을까 고민하고 보니 그 일이 일어나도록 돕거나 영향을 준 좋은 사람이 제 곁에 있었고, 그런 좋은 사람을 어떻게 만나게 됐지 하고 돌이켜보니 좋아하는 것을 찾아 발을 내디딘 그 길에서 좋은 인연을 만났던 겁니다. 이 정도 대답이면 악마의 마음에 쏙 들진 않아도 당장 지옥으로 내쳐질 정도도 아닐 것 같습니다. 저라는 사람이 작동하는 원리와 방향에 대해선 설명했으니까요. (하략)

파우스트도 아니고 악마 운운하는 글을 쓰다니 너무 제멋대로였나? 설마 저게 합격하겠어? 생각하는 며칠 사이 서류전형에 덜컥 합격해버렸다. 취업 공부 안 한 지가 얼만데, 설마 필기에 합격하겠어? 라는 생각과 달리 필기전형에도 덜컥. 나이가 많아서 되겠어? 했지만 실무면접에도 덜컥. "저도 점쟁이가 어떤 직업이 어울릴지 속 시원히 말해줬으면 좋겠습니다!"라고 허튼소리를 한 최종면접에도 덜컥. 덜컥, 덜컥, 덜컥……최종합격까지 하고 말았다. 어이없는 일이 아닐 수 없었다.

어떤 미친 사람이 4년 경력을 포기하고 신입사원이 된단 말인가? 그런데 나는 좋아서 한 일이 좋은 인연으로, 좋은 인연이 결국 좋은 일로 연결된다는 믿음을 의도치 않게 증명해 낸 셈이었다. 자기소개서 내용 그대로 말이다. 4년 동안 회사에 다니며 느낀 성취감보다 더 큰 무언가가 다가와 머리를 세게 치고 갔다. 제법 큰 타격감에 마음이 동했다. 덮어두고 모른 척하려 했던 도전 욕구가 깨어났다. 스스로 제법 이성적이고 합리적인 사람이라고 생각하는 편이지만, 마음이 동했을 때 머리로 거는 제동은 아무 소용없음을 처참하게 체감했다.

결론만 말하자면, 나는 스물아홉에 신입사원이 됐다. 다른 건 필요 없고 솔직하게만 쓰자고 마음먹은 자소서와 누구에게 잘 보이려는 의도 없이 내가 좋아서 쓴 글로 엮은 포트폴리오로 합격한 회사라면, 궁극적으로 인생에서 이루고 싶은 것에 더 가까이 다가가는 데 분명히 도움 되리라는 '열린 믿음' 하나로 큰 결정을 내렸다. 당장 몇 년은 힘들겠지만 시간이 지날수록 옳은 선택이었음을 확신하게 될 테고, 그런 미래를 스스로 만들어가겠다는 다짐과 함께. 당시 수강하던 글쓰기 수업 선생이 "경력이 빠그라졌으니 이직이 아니라 빠직"이라며 붙여주신 적절한 명칭과 함께.

아니나 다를까, 기다리는 것은 고난의 하루하루였다. 예상하던 일이라 당황만 하지 않았을 뿐이지 힘듦은 나를 고스란히 힘들게 했다. '아, 이런 게 바로 신입사원이었지!' 하는 반갑진 않지만 익숙한 그 느낌과 재회하며 날마다 뚝딱거렸다.

왜 좋은 직장 버리고 왔냐며 한마디씩 거드는 낯선 이들의 오지랖에 스트레스가 차곡차곡 쌓였다. 주절주절 사람들에게 설명하고 다니기보다 내가 선택한 방법은 철벽을 치는 일이었다. 그리고 그 안에 스스로를 고립시켰다. '이해를 바라지 않습니다. 다만 저의 갈 길을 갑니다'라는 마음속 줏대를 잃고 싶지 않았다.

'집은 상수, 회사는 신사.' 시옷 시옷, 초성만 같았지 그 사이를 가로지르는 커다란 강 하나가 내 세상과 남 세상 사이 괴리감을 증폭시켰다. 아침마다 강 건너 일하러 가는 게 그렇게 서러울 수가 없었다. 4년 경력을 빠그라트리고 갑자기 신입이 된 기분이란 고속열차를 타고 질주하다가 따릉이를 타고 삐걱대는 기분과 같다. 오래간만에 느끼는 무능력함에 전신이

도취되어 회사가 그다지 바쁘지 않은데도 집에 돌아오면 몸은 늘 녹초가 되어 있었다. 얼른 적응해서 잘하고 싶은데 그러려면 나를 갈고닦는 길고 긴 시간이 필요했다. 일해본 짬밥이 있기에 더 잘 알았다.

마음 둘 곳이 절실했다. 내가 누구이고, 어떤 꿈을 가졌으며, 무얼 잘하는지 설명하지 않아도 되는 곳. 편히 내려놓고 쉴 수 있는 곳. 어떤 수모를 겪고 와도 질문 일절 없이 무조건 나를 품어줄 곳. 무엇보다도 중요한 건, 나와 내 갈 길을 향해 다시 또 발걸음을 옮길 힘을 얻을 수 있는 곳. 함께 사는 언니와 신경전이 벌어지는 지금 자취방이 그런 곳일까? 글쎄, 고개가 갸우뚱 기울어졌다. 지금보다는 더 보금자리 역할을 해주면서도 나를 더 채찍질할 아지트 같은 곳을 만들고 싶었다.

퍼즐 조각이 착착 모여 큰 그림을 완성하듯 몇 년 치 기억이 짜 맞춰지며 하나의 그림을 그리기 시작했다. 나와 같이 살아볼 생각이 있다던 설쌤의 말, 두 번의 연애 디톡스를 거쳐 얻은 만족스러운 연애, 새로운 보금자리까지. 살기 좋은 집만 구한다면 설쌤과 같이 살지 않을 이유가 없었다. 상상만으로도 묵직한 4년 경력직 신입사원의 노곤함이 싹 가시는 듯했다. 그간의 길고 긴 밀당을 끝내고 이젠 내가 먼저 설쌤에게 말하고 싶었다.

"나랑 같이 살아볼래?"

헤어져야
행복할 운명

"우린 헤어져야 해. 헤어져야 잘 살아."

신림동 원룸촌 새벽 3시. 방에서 집어 던진 물건들로 잔뜩 어수선해진 복도. 싸우다 울고불고 진이 다 빠진 난 멍하니 선 채로 말했다. "우린 한 공간에서 부대끼며 살 깜냥이 안 되는 인간들이다." 그러나 이미 평생을 함께 살아왔고 앞으로도 어쩔 수 없이 함께 살아야 하는 사정 또한 알고 있었다. 그렇게 씩씩대다 슬슬 추위가 찾아오고 더 이상 할 말도 사라지고 분위기도 어색해지자 우리는 말없이 복도에 널브러진 물건을 주섬주섬 주워 집 안으로 들어갔다. 대구에서 갓 상경한 대학생이던 나와 연년생 언니의 첫 자취 생활은 전쟁 같은 날의 연속이었다.

세상에는 그런 관계도 있는 것 같다. 부딪히면 부딪힐수록 둥글게 마모되는 게 아니라 팡팡! 스파크만 튀는 관계. 사랑이 깊어서 상처도 깊은 관계. 나와 언니의 관계가 딱 그랬다. 우린 너무 다른 존재였다. 용감하게 세상을 탐험하는 언니가 멋지고 자랑스러웠지만, 그런 종잡을 수 없음이 때론 걱정스러웠고 심지어 증오스럽기까지 했다. 나이가 들수록 언니의 자유분방함은 불안한 변수가 되어 나를 괴롭혔다. 어떻게

든 언니를 휘어잡고 컨트롤하고픈 욕망이 내 안에 점점 크기를 키워갔다.

따로 살면 좋았겠지만 그런 바람까지 반영하기에 서울 집값은 만만치 않았다. 그나마 방이라도 따로 쓸 수 있는 반지하 자취방을 구해 살게 됐다. 초조하고 예민하던 20대 초, 빨리 자리를 잡아 돈 버는 사람이 될 생각을 하는 나에 비해 언니는 계획도 대책도 없이 신난 철없는 망나니처럼 느껴졌다. 언니는 내게 눈엣가시였고 언니에게 난 숨 막히는 감시관이었다. 이런 두 사람이 부닥치는 거실은 전쟁터, 각자의 방은 휴전지일 수밖에 없었다. 우린 정전기 통하듯 수시로 부딪혔고 따갑게 싸웠다.

그날 밤도 술자리에 나간 언니는 새벽 1시가 되도록 돌아오지 않았다. 자유로운 영혼이 활개치기 딱 좋은 시간 아니겠는가. 늘 있는 일이었던지라 별생각 없이 잠자리에 들려는 찰나 별안간 똑똑 노크 소리와 함께 "계세요? 경찰입니다. OOO(언니 이름) 씨 댁 맞죠?" 하는 지친 목소리가 들려왔다. 화들짝 놀라 문을 열자 드디어 집을 찾았다며 안도하는 경찰 두 분의 어깨에 흐물흐물 떡이 된 언니가 떡하니 걸쳐져 있었다. 무슨 일이라도 당한 걸까, 아연실색이 된 내게 한 분이 땀을 닦으며 이야기했다.

"술에 취해 길을 잃고 헤매시길래 겨우겨우 주소를 알아

내서 찾아왔습니다.”

　‘이 미친 X이 하다 하다 경찰한테 잡혀 와?!’ 놀란 가슴을 쓸어내리며 일단 언니를 바닥에 눕혔는데 언니 손에 봉지 하나가 들려 있는 것이 보였다. 언니는 비몽사몽 중얼거렸다.

　“자버가…… 좋아하는…… 계림원…… 누룽지 통닭…….” 봉지 안에는 이미 다 식어서 차가운 누룽지 통닭 한 마리가 들어 있었다. 취해서 인사불성이 됐으면 집이나 제대로 찾아올 것이지, 누룽지 통닭 따위를 사 온 언니의 배려 넘치는 미련함에 머리끝까지 화가 나 그만 이성을 잃고 말았다. 방바닥에 드러누운 언니의 뺨을 짝, 짝 소리 나게 때리며 “이 썩을 X아! 정신

차려, 이 썩을 X아!" 했다. 언니는 얼마나 취했는지 아픈 줄도 모르고 잠만 잘 잤다.

내게 언니란 그저 운이 좋아서 살아남았지, 그 과정 중에 한 스텝이라도 꼬였으면 목숨이 오락가락할 수도 있던 존재다. 난 그런 언니를 컨트롤하려고 험한 비난을 일삼는 족쇄가 되기를 자청해왔다. 언니를 사랑한다. 너무너무 사랑해서 문제다. 술에 잔뜩 취해 자기가 어디에 있는지도 모르는 주제에 동생 먹이려고 통닭을 사 오는 그 마음이 고맙고 귀엽고 가엽고 화가 난다. 이 사랑스러운 망나니를 어떻게 고쳐 쓰지? 정말 골치 아픈 문제였다.

하루는 언니와 언니 친구들과 함께 식사를 하는 자리였다. 나는 밥을 먹는 둥 마는 둥 눈을 가늘게 뜬 채 '이놈의 언니가 말실수를 하지 않을까? 매너 없는 행동을 하는 건 아닐까?' 의심을 한가득 품고 언니를 지켜봤다. 그런데 웬걸? 그날 본 언니는 전체 분위기를 주도하면서 소외된 사람까지 살뜰히 챙기는 멋진 사회인 그 자체였다. 색다른 모습에 내가 알던 사람인가 싶어 그 자리에 끼어 있는 게 불편했다. 반면 다른 사람들은 무릇 언니의 리더 역할이 익숙한 듯 믿고 맡기는 모양새였다.

철렁! '이 멋진 사람을 나는 대체 얼마나 우습게 여긴 거야.' 미안한 마음에 어깨가 오그라들었다. 꽤 오랫동안 잊고 있던 언니의 언니다운 모습이 드문드문 떠올랐다. 고등학생 때 돈을 벌어보겠다고 피자집에서 아르바이트를 하고, 그 얼마 되지도 않는 돈에서 동생 쓰라고 용돈을 따로 쥐여주던 모습 같은…….

'맞아. 우린 헤어져야 잘 살아.' 서른 살이 되기 전에 꼭 바꾸고 싶은 것? 그건 언니와의 헤어짐이었다. 내 눈에 언니는 어쩔 수 없는 걱정거리다. 밖에서 아무리 멋지게 살더라도 말이다. 내게 쪼여 숨 막혀 살기에 언니는 더 멋지게 빛나야 하는 사람이었다. 서로 숨통이 트이려면 해답은 서로 시야에서 멀어지는 것뿐. 함께 사는 것 외엔 방법이 없다고만 생각했는데, 한번 의문을 품고 보니 그저 관성으로 굳어진 생각일 뿐이었다.

오랫동안 간절히 바랐지만 차마 실행에 옮길 수 없던 일, 따로 사는 일을 언니에게 제안해보면 어떨까? 뒤이어 아찔한 아이디어 하나가 떠올랐다. 어쩌면 나, 남자친구랑 같이 살아봐도 괜찮지 않을까?

사랑하기 좋은 사람,
함께 살기 좋은 사람

개인적인 불행 하나가 있다면, 서로 다른 두 사람이 살 맞대고 살면서 행복한 삶을 경영해가는 좋은 샘플을 못 보고 자랐다는 점이다. 그래서 그런가 결혼에 대한 로망이 없는 편이다. 음, 자신이 없다고 말하는 게 맞을지도 모르겠다. 이해하기가 어려웠다. 사랑하는 사람과 멀끔히 잘 차려입고 준비된 시간에 좋은 모습만 보며 지내기도 바쁜데, 굳이 치부가 다 드러나는 맨몸을 부대끼며 함께 지내야 하는 이유를. 그런데도 결혼을 하고 싶어지는 때가 온다면 그건 아이를 갖고 싶다거나 집을 사야 한다거나 하는 실질적인 이슈가 생겼을 때 아닐까? 막연한 공상만 맴돌았다.

결혼에 대한 철학이 그러하니 연인과의 동거에 대한 입장은 더욱 단호했다. 동거를 '연애의 연장선'으로 보면 사랑하는 사람과 조금이라도 더 오랜 시간 붙어 있고 싶어 하는 철부지의 낭만으로만 생각했고, 동거를 '결혼 전 단계'로 보면 이미 함께 살기로 결정한 사람에 대한 필요 이상의 검열처럼 느껴졌다. 정리하자면 낭만적으로 보나 현실적으로 보나 연인과의 동거는 내게 주어진 선택지가 아니었다는 말이다.

독립한 지는 꽤 됐지만 생각해보니 혼자 살아본 적은 없었다. 대학 기숙사와 셰어하우스에서는 룸메이트가 있었고 자취는 항상 언니와 함께였다. 누군가와 섞여 사는 것 자체에 큰 스트레스를 받지 않는 편이었다. 빡빡한 바깥세상에서 돌아와 쉴 곳이 있어 다행일 뿐, 거기에 나를 반겨줄 누군가가 있다고 해서 플러스알파가 되지 않는(오히려 아무도 없을 때 왠지 더 두근두근 설렜던) 정도랄까.

그래서 더욱더 낯설었다. 어느 순간 설쌤과 함께 살아보면 어떨까 진지하게 고민하는 나 자신이. 더 정확히 말하자면, 어차피 혼자 월세를 감당하기 벅차 동거인 한 명을 골라야 한다면 설쌤이 좋겠다고 생각했다. 생전 처음 보는 다른 과 학생이 아닌, 얼굴만 보면 지지고 볶느라 시간 다 가는 혈연이 아닌, 가끔 거실에서 마주치면 어색하게 '안녕하세요' 인사하는 하우스메이트가 아닌, 사랑하는 연인과 함께 사는 삶.

성향도 취향도 비슷한 사람과 한 공간에서 만들어가는 시너지는 어떤 모양일까? 혼자 처박혀 있어야 글도 쓰고 그림도 그릴 에너지가 생기는 나지만, 왠지 설쌤이 곁에 있으면 창작 활동에 더 집중할 듯한 근거 없는 기대감이 솟구쳤다. 연애와 생활은 다르다고, 사랑을 나누기 좋은 사람과 삶을 나누기 좋은 사람은 따로 있다고 자신을 다그쳐도 마음은 자꾸 한쪽으로 기울었다.

2년 전, 나에게 같이 살아보면 어떠냐고 처음 제안했던 설쌤의 말이 계기였을까? 어쩌면 그때부터 찬찬히 설쌤을 동거 대상으로 적합한 인물인지 내심 계산하고 따져봤을지도 모르겠다. 그뿐만 아니라 마침 새로운 직장 근처로 집을 옮기고 싶었고, 언니와의 자취도 끝내고 싶었다. 총체적으로 내 삶에 큰 변화가 필요한 순간이었다. 아니면 그냥 스물아홉이라는 기묘한 나이에 취해 정신이 휙 나가버린 거려나. 확실한 사실은 설쌤과 24시간 내내 함께하고 싶어서가 아니라, 설쌤이란 사람은 24시간 내내 함께해도 거슬리지 않기에 동거를 꿈꾸게 됐다는 점이다.

"우리 같이 살아봐도 좋지 싶은데, 어때?"

몇 달을 벼르고 벼르던 말을 설쌤의 의식 속에 훅 냅다 꽂아버렸다. 대수롭지 않은 일인 양 제법 건조하고 조심스럽게.

설쌤은 당혹스러워했다. 같이 사는 일에 대한 나의 사고 전환이 너무나 급격했기 때문이다. 설쌤은 처음 같이 살아보자고 이야기했을 때와 여전히 같은 생각이라고 했다. 서로의 마음을 확인하고 나자 희망찬 전망이 펼쳐지기 시작했다. 함께 살방법을 진지하게 생각해보자고, 집부터 찾아보자고, 우린 설렘 가득한 약속을 나눴다. 조심스럽던 마음에 확신이 솟으며 몽글몽글 막연하기만 했던 생각이 조금은 딱딱하고 구체적인 문제가 되어 손안에 만져졌다.

□ 둘 다 월세 낼 만큼 경제력은 있고
□ 둘 다 혼자만의 시간을 존중하고
□ 둘 다 보고 배우고 즐기고 돌아다니기 좋아하고
□ 둘 다 당장 결혼할 생각은 없고
□ 둘 다 아기를 가질 생각은 없고
□ 그렇지만…… 그렇지만……

역시 미친 생각 아닐까? 뻔뻔하게 제안해놓고 밤이 되니 마음이 또 싱숭생숭했다. 자다가 벌떡 일어나 대뜸 설쌤에게 메시지를 보냈다.

"같이 살게 됐을 때 서로 부딪힐 만한 일을 미리 정리해서 목록을 만들고, 그럴 때마다 어떤 방법으로 해결할지 규칙부터 정하자."

진짜로 동거를 할지도 모른다고 생각하니 불안감에 심장이 벌렁거려 해결책을 찾지 않을 수 없었다. 바로 메모장을 켜서 떠오르는 대로 걱정되는 상황을 적어 내려갔다. 1번, 청소를 미루다 싸우게 되면? 2번, 둘 중 한 명이 갑자기 결혼 생각이 생겼을 땐? 3번, 4번, 5번……

"자버야, 이건 직접 살아보고 부딪쳐봐야 알 수 있는 문제들 아닐까?"

불안감이 발동한 나를 말린 건 평소와 다른 설쌤의 단호한 한마디였다. 그 한마디 속엔 머리로는 이해되지만, 결코 겪고 싶진 않은 일이자 내가 세상에서 제일 못하는 일이 들어가 있었다. 바로 '그때그때 부딪쳐가며 살아가는 일' 말이다. 난 즉흥적으로 해결하는 데에 매우 취약하다. 준비된 행동 강령만이 나를 자유롭게 한다. 출근길에도 1박 2일 외박 가능할 만큼 짐을 가방에 챙긴다. 그런데 동거라는 큰 결정을 아무런 대책 없이 덜컥 행할 수 있을까? 한껏 들떴던 기대감과 대비되는 어둡고 무거운 그림자가 마음을 짓눌렀다.

"설쌤, 그럼 우리 일단 좋은 집부터 찾아보는 게 어때? 살고 싶은 집을 찾으면 그때 다시 동거에 관해 이야기해보자."

감당 못 할 너무 큰 두려움은 감수하지 말 것. 옳은 방향으로 가도 불안한 발걸음으로 내디디면 모래알에도 발이 삘 수 있으니까. 역시 낭만은 달콤하지만, 현실의 쓴맛을 덮을 정도는 아니다. 일단 집부터 찾자고 생각하니 마음이 한결 가벼워졌다. 그나저나 이 지옥 같은 서울에서 나의 불안감까지 잠식시킬 정도로 좋은 집을 찾을 수 있을까?

살 집이 없어도
서울이 밉진 않아

    나는 잠들기 전부터 꿈을 꾼다. 눈을 감고 되고 싶은 것, 갖고 싶은 것을 잔뜩 상상한다. 서울살이 10년에 다다르자 커다란 창문이 있는 방을 상상하게 됐다. 고양이와 눈이 마주치는 반지하 방 쿰쿰한 창문 말고, 손 뻗으면 옆집 창문 열 만큼 다닥다닥 붙은 무례한 창문 말고, 저 멀리 산이 보일 만큼 시야가 탁 트인 커다란 창문이 있는 집을 꿈꾸며 잠들었다.

    그래서였을까? 설쌤에게 제안할 때 속으로 마음먹었다. 좋은 집이라면 창밖으로 산이 보여야 한다는 조건이 반드시 포함되어야 한다고. 그런 집을 구할 수만 있다면 당장 설쌤과

동거를 시작하겠다고. 물론 그게 얼마나 어려운 일인지 알았기에 동거라는 큰 결정권을 그 다짐에 전가할 수 있었다.

불가능을 전제로 집을 찾기 시작했다. 위치, 구조, 높이 등 조건이 똑같은 집도 창밖으로 무엇이 보이느냐에 따라 비용이 천차만별로 달라지는 이 야박한 도시 '서울'에서 코딱지만 한 예산으로 풍경 좋은 집을 찾겠다니. 이런 바람을 품고 있다는 게 부끄러울 만큼 순진해 보여서 누구에게도 감히 입밖에 내지 못했다.

처음에는 인왕산이 있는 서촌 쪽에서 집을 검색했다. 사대문 안이라 치안이 좋은 것은 물론이고 회사가 위치한 3호선 라인인 데다 어디서든 궁궐과 기와지붕이 보이는 그 지역 특유의 풍경에 마음을 홀라당 빼앗겼기 때문이다. 하지만 서촌에서 사회초년생이 살 만한 집 찾기란 어려운 일이었다. 예쁜 집은 가격이 비쌌고, 조건이 합리적이면 발견하기가 무섭게 계약이 완료됐다.

몇 주간 매달렸던 서촌 로망은 얼마 못 가 납작하게 접혀버렸다. 그다음으로는 회사가 위치한 3호선 라인을 포기해야 했고, 그다음으로는 넓은 주방을 포기해야 했고, 그다음으로는 방 개수를 포기해야 했다. 그렇게 줄줄이 포기에 포기가 쌓여가는 와중에도 창문은 포기할 수 없었다. 난 매일 밤 눈을 감고 널찍한 창문 앞에서 글도 쓰고 밥도 먹고 사랑도 쌓아갔다.

어느샌가 집 찾기는 '꿈의 창문' 찾기로 바뀌었다. 부동산 앱에서 매물 범위를 서울 전 지역으로 놓고 전부 뒤져봤다. 어디가 되었든 창을 열었을 때 시원한 초록만 보이면 되겠다 싶었다. 질릴 만도 한데 서울이 좋았다. 서울에서 나고 자란 사람들은 코웃음을 칠지 몰라도 나는 진심으로 서울을 고향처럼 여겼다. 사람도 사건도 사고도 차고 넘쳐서 복잡하고 정신없는 서울. 역설적이게도 사람에 가려 혹은 일에 치여 자신을 숨길 수 있는 서울이 안락한 품처럼 느껴진다.

나의 상경기는 고향인 대구로부터 도망의 역사다. 학구열에 미쳐버린 어른들과 시집 잘 가야 인생이 편다는 말을 입에 달고 사는 이상한 여자아이들, 아내에게 체중이 늘면 집에서 내쫓겠다 협박하는 남자들이 사는 도시, 대구. 매년 최고기온을 경신하는 찌는듯한 더위가 그나마 이해 가능한 특징 아닐까 싶은 곳.

　　어떻게든 대구를 벗어나야겠다는 오기로 가득했던 고등학생 시절, 무언가에 쫓겨 결국 절벽 아래로 떨어지면 시꺼먼 어둠이 나를 꿀꺽 삼켜버릴 것만 같았다. 아득한 불안감에 종종 숨이 막혔고 쉬이 잠들지 못하는 날이 이어졌다. 절벽 아래로 떨어지지 않으려고 초인적인 힘을 끌어다 썼다. 겨우 서울로 도망쳐왔을 때, 여느 스무 살처럼 총명 발랄하게 생활하지 못하고 흐물흐물 불투명한 해파리처럼 이리저리 부유한 것도 그런 탓이었으리라.

　　적어도 서울은 '다 같이' 바쁘고 '다 같이' 쪼들리고 '다 같이' 애쓰는 모양새였다. 안락함으로 가는 길목에 놓인 허들은 높았지만 모두에게 같은 높이였다. 그 냉정한 공정성이 오히려 좋았다. 아무것도 가진 게 없지만 주변 친구들도 별반 다르지 않은 조건 속에 있었고 우린 마음껏 인생을 써 내려가기만 하면 됐다. 덕분에 살 곳을 찾아 전전하는 와중에도 서울이 밉지 않았다. 가난하면 가난한 대로 살 곳이 있겠지. 그 서러움 알아주는 친구들이 늘 곁에 있으니까 괜찮았다.

　그래서 부동산 앱 뒤지는 일이 마냥 힘들지만은 않았다. 내 마음의 노력이 통했던 걸까? 수많은 매물 중에 눈에 확 들어오는 섬네일을 보고 해당 게시글을 클릭했다. 나무로 지어진 오래된 주택, 거실에 나 있는 커다란 창문으로 남산과 띄엄띄엄 해방촌이 보이는 곳. 동네는 이름하여 갈월동. 처음 들어보는 동네였다. 무슨 상관이랴? 그길로 곧장 부동산에 매물을 보러 가겠다는 연락을 남겼다.

100년 된
적산가옥과의 밀당

갈월동, 이름조차 몰랐다는 게 민망할 만큼 설쌤 작업실과 딱 붙어 있는 동네였다. 가장 가까운 지하철역인 숙대입구역 간판에도 '갈월'이라 떡하니 적혀 있었다. 어제 급하게 덧댄 간판 아냐? 하며 나의 무심함을 애써 의심으로 감춘 채 지상으로 올라갔다.

큰길에서 오른쪽으로 한 번 꺾어 오르막길을 오르니 곧바로 주택가가 나왔다. 조금 아까 걸어온 큰길과는 다르게 소박하고 따뜻한 분위기에 마음이 확 누그러졌다. 동네는 2층짜리 주택과 아담한 빌라가 모여 있어 시야가 확 트였다. 중간에서 있는 남산타워는 마치 나만 아는 친밀한 사이 같아 오래도록 눈을 떼기 어려웠다.

다시 시야를 좁혀 주변을 둘러보니 주택마다 뽐내는 개성이 대단했다. 담장 너머 남의 집이라고만 생각했던 이 주택 중 한 곳에 살 수 있게 되다니, 좀 발칙하다는 생각까지 들었다. 둘러볼 집이 이 집일까, 저 집일까 설렌 마음으로 골목을 걷다 보니 우릴 향해 인사하는 부동산 중개인이 보였다. 그 뒤 파란 대문 너머로 하얀 벽과 빨간 지붕이 빼꼼 내다보였다.

'바로 여기구나!'

덜컹, 대문이 열리자 새하얀 이층집이 서 있었다. 대문 밖에서 바라본 마당은 무척 크게 느껴졌다. 하얀 벽에 반사된 빛에 반짝거리는 정원은 눈부셨다. 내가 여길 들어가도 되나? 대사 한 문장도 외우지 못한 채 무대에 오르는 연기자가 된 듯 우물쭈물 쭈뼛댔다. 그런 마음을 모르는지 중개인은 성큼 마당으로 들어섰고 나도 냉큼 뒤를 따랐다. 세를 놓은 건 2층이었고 1층에는 주인 할머니가 홀로 살고 계셨다. 주인 할머니는 무려 31년생이신데 나이에 비해 정정하고 에너지 넘치는 분이라며 중개인은 마치 집에 달린 좋은 옵션인 양 자랑스레 이야기했다. 아직 뵙지 못했지만 잡초 없이 깔끔하게 관리된 정원에서 주인 할머니의 넘치는 기강을 살짝 엿봤다.

정원 반대편으로 돌아서자 2층으로 이어지는 철제 계단

이 아슬아슬한 각도로 우릴 반겼다. 아무렴 그럼 그렇지, 이 정도 위험 감수는 세 들어 사는 사람의 클리셰이고말고. 가파른 철제 계단을 삐걱삐걱 오르며 집 내부 사정만은 좋기를 바랐다. 아니나 다를까, 단독주택을 다세대로 분리하느라 억지로 달아맨 엉성한 미닫이문과 마주했다.

또 한 번 아무렴 그럼 그렇지 하며 드르륵 문을 열고 들어섰는데, 너덜너덜한 문과는 비교도 안 되게 견고하고 중후한 나무 프레임이 시야를 가득 채웠다. 나무 패널이나 나뭇결 시트지가 아니라 진짜 나무 틀이었다. 한 세기를 겪어낸 나무가

주는 진중한 무게감이 빈집의 쓸쓸함을 압도했다. 주제넘게 도 이 집이 겪은 세월에 내 어수룩한 손길을 더해 광내고 보듬 어주고 싶은 마음이 불쑥 솟구쳤다.

지어진 지 100년이 다 되어가는 적산가옥이라고 했다. 문틀과 창문의 가로세로 길이며 천장 높이까지 모든 요소가 최신 표준규격 따위 따를까 보냐, 뻔뻔하게 주장하듯 제각각 다른 모습으로 개성을 뽐냈다. 문이란 문은 죄다 가로 길이가 필요 이상으로 길었고 세로는 짧아서 딱 보기에 뚱뚱 납작했 다. 층고가 높은 복도에 서 있을 때의 느낌과 천장이 가장 낮 은 작은 방에 서 있을 때의 느낌이 꽤 달랐다. 이게 정말 한집 에서 다 볼 수 있는 풍경인가 싶었다.

창문 유리에 금이라도 가면 부품 구하는 데 제법 고생하 겠다 싶어 골치가 아파지려는 순간, 거실 창문이 눈에 들어왔 다. 부동산 앱에서 나를 사로잡은 섬네일 속 바로 그 창문이 었다. 창밖으로 보이는 풍경은 상상보다 훨씬 아름다웠다. 오 르막에서 얼핏 보이던 남산타워가 뻥 뚫린 가을 하늘을 배경 으로 창문 프레임 안에 안정감 있게 들어앉았고, 아래로는 해 방촌 언덕이 오돌토돌 선을 만들며 창을 가로질렀다. 코앞에 는 갈월동 동네 전경이 펼쳐졌다. 밖에서 볼 땐 으리으리하던 주택들도 2층에서 내려다보니 정겨웠다. 전에 가져보지 못한 '이웃'이란 이름이 어울리는 사람들이 살 것 같은 곳. 꿈에 그

리던 창문 뷰가 내 눈 바로 앞에 당도한 순간이었다. 야경은 얼마나 예쁠까, 아침 볕은 또 얼마나 따뜻할까.

중개인이 재촉하는 눈치에 못 이겨 겨우 창가를 벗어나 복도를 따라 집 안쪽으로 발걸음을 옮겼다. 하지만 집 끄트머리에 이른 순간 나의 기대감은 와장창 깨지고 말았다. 고풍스러운 나무 프레임과는 극명하게 대비되는 허술한 플라스틱 문짝 하나가 덜렁거렸다. 중개인이 그쪽을 가리키며 화장실이라고 하는 것 아니겠는가! 좀 전에 봤던 거실 창문이 기대감을 잔뜩 부풀려놓은 탓에 초라한 문짝에서 오는 실망감은 배로 큰 충격을 선사했다.

불안한 마음으로 문을 밀자 딸각하고 경박한 자석 떨어지는 소리가 나면서 플라스틱 문짝이 힘없이 열렸다. 제대로 된 잠금장치도 없을뿐더러 소리, 냄새, 습기 그 무엇 하나 제대로 막지 못할 모양새였다. 문 뒤에 가려진 협소한 화장실 상태는 말할 것도 없이 별로였다. 특히 변기와 샤워기 사이 거리가 너무 가까웠다. 매일 아침 이곳에서 샤워하고 출근하는 모습을 상상만 해도 서러워서 눈물이 핑 돌았다. 아니지, 이건 아니지! 나는 꿈꾸던 창문 뷰 따윈 깡그리 잊은 채 중개인에게 생각 좀 해보고 연락하겠다고 말한 뒤 집에서 빠져나왔다.

"설쌤, 오늘 좀 더 생각해보고 내일 답해줄게요."

복잡한 머리를 이고 전철을 탔다. 집으로 가는 길 내내 화장실이 떠올라 얼굴을 잔뜩 찌푸렸다. 아무리 거실 창문이 예쁘면 뭐 하나, 그 화장실에서 하루를 시작하면 매일매일 괴롭겠다는 생각밖에 들지 않는데! 집에 도착해서도, 자려고 침대에 누워도 화장실 생각이 떠나지 않았다. 남산이 보이는 창가에서 행복하게 술잔을 기울이는 그림 위로 너덜너덜한 화장실 문 잠금장치가 힘없이 '딸칵' 열리는 소리가 오버랩되면서 기분이 한없이 추락했다.

아무래도 그놈의 화장실 때문에 그 집에서 못 살겠다는 결론에 이르기까지는 그리 오랜 시간이 걸리지 않았다. 사람

이 낭만만 좇으며 살 순 없지 않은가! 예쁜 창문 뷰와 나무 프레임에 현혹돼선 안 될 일이었다. 내일 일어나자마자 설쌤에게 결정을 알려야겠다고 다짐하며 눈을 감았다. 그런데 웬걸, 다짐과 다르게 머릿속에서는 자꾸만 거실 창가에 앉아 밖을 감상하며 설쌤과 두런두런 이야기를 나누는 모습이 떠오르는 게 아닌가. 야경은 또 얼마나 예쁠까, 아침 볕은 얼마나 따뜻할까……. 낮에 하던 상상 속 풍경이 자동으로 펼쳐졌고 난 속도 없이 배시시 웃으며 기분 좋게 잠들었다.

다음 날, 나름대로 타협안을 내놓았다. '코딱지만 한 화장실 크기는 어쩔 수 없다손 치더라도 그놈의 덜렁거리는 화장실 문짝만이라도 바꿀 수 있다면?' 나의 걱정과 로망을 적절히 짬뽕해서 내린 결심, 화장실 문만 교체해주면 당장 계약하겠다고 냉큼 설쌤에게 전달했다. 커다란 이층집을 이루는 수많은 부속품 중에 겨우 문짝 하난데, 못 바꿔주겠어? 하는 무데뽀 심보도 좀 섞여 있었다.

집주인의 대답이 떨어지기도 전에 나 홀로 제대로 된 문이 달린 화장실을 그리며 또 기분 좋은 상상을 이어갔다. 얼마 후 설쌤으로부터 답변이 왔다.

"자버야, 화장실 문이 마음에 안 들면 그냥 계약 안 해도 상관없대……."

뭐라고? 예상치 못한 쿨한 거절에 나는 적잖이 당황했

다. 문 하나 때문에 계약을 안 해도 상관없다고? 알고 보니 전에 세 들어 살던 사람들이 화장실에 물난리를 일으킨 적이 있었고, 그래 봬도 그 허름한 문짝이 물난리를 막기 위해 세심히 디자인을 궁리한 결과물이라 교체할 수 없다는 게 주인 할머니의 의견이었다. 그 얘기를 듣는 순간 주인 할머니와의 밀고 당기기에서 완전히 졌음을 깨달았다. 이렇게까지 단호하게 답을 줄 정도면 당장 한두 푼이 아쉬워서 집을 내놓으신 게 아니겠단 생각도 들었다.

사람 마음이란 참 이상하고 기묘하다. 머리가 회까닥 뒤집히는 느낌이 들더니만 그게 딱 180도였을까? 오히려 주인 할머니와 집에 대한 신뢰도가 확 올라가면서 더더욱 이 집을 놓치고 싶지 않았다. 아직은 모를 뿐 분명 내가 발견하지 못한 매력이 많은 집일 거라는 확신이 섰달까. 설쌤에게 바로 답했다.

"설쌤, 우리 당장 그 집 계약하자."

그날은 몰랐다. 내가 맛본 할머니의 카리스마는 빙산의 일각이라는 사실을.

동거 선언

A와 B는 각자의 절친 결혼식에 방문했다가 서로를 처음 발견했다. 그리고 피로연에서 동시에 눈이 맞았다. 그로부터 두 사람이 결혼에 이르기까지 걸린 시간은 석 달 정도. 그사이 두 사람은 데이트 겸 재미 삼아 궁합을 봤다. 점쟁이는 "큰애 낳고 잘 먹고 잘 살 거다"라고 했고 A는 그 내용을 정성스럽게 일기장에 기록해두었다. 점쟁이 말대로 두 사람은 결혼하고 딱 1년 뒤 예쁜 첫째 딸을 낳았고 얼마 안 가 연년생 둘째 딸까지 낳았다. 그리고 딱 13년이 걸렸다. 두 사람이 결혼 생활에 종지부를 찍기까지. A와 B의 둘째 딸은 어느 해인가 장롱 속

에서 발견한 일기장을 꺼내 읽으며 두 사람의 궁합 얘기에 낄 낄거렸다. 어느 두 사람 간 지켜내지 못한 약속의 결과물이 자기 자신이라는 사실에 깊은 씁쓸함을 느끼며.

연애를 했다 하면 사오 년씩 만나고, 첫눈에 느끼는 호감을 잘 믿지 않고, 집요하게 사람에 대해 의심하고 파고드는 '고약한 나'의 탄생 배경엔 아무래도 엄마와 아빠의 러브스토리가 차지하는 지분이 매우 크다. 타고난 성향은 차치하고서라도 말이다. 그들의 사랑이 사랑이 아니었다고는 말할 수 없다. 다만 결혼까지 갈 필요는 없지 않았을까. 덕분에 어린 시절부터 사랑의 끝이 꼭 결혼이 아니어도 된다는 값진 교훈을 얻었다. 고된 경험의 정수가 자연스레 뼈에 스몄다고 해야 할까나. 갑작스러울 수도 있는 설쌤과의 동거가 마치 오래전부터 예견되어 있던 일처럼 느껴지는 건 대를 이어 '결혼이라는 실수'를 하지 않으려 부단히 노력해온 내 삶에 걸맞은 행보였기 때문이다.

드디어 가족들에게도 설쌤과의 동거를 밝힐 때가 왔다. 엄마와 아빠는 따로 살지만 언니와 나는 붙어사는 터라 끈끈한 느낌이 조금이나마 있었는데, 동거를 시작하면 우리 네 가족은 각자가 각자 집에서 따로 떨어져 사는 영락없는 콩가루 집안이 될 예정이었다. 그렇게 생각하니 동거 커밍아웃 전 여러모로 속이 메스꺼웠다. 반대에 부딪힐까 봐 두려운 건 아니었다. 가족의 의견이 이러거나 저러거나 내 결정을 이행할 생각이었으니까. 그렇다기보다는 내가 던질 돌멩이 하나가 일으킬 파장이 어떤 모양일지 가늠조차 되지 않는 게 두려웠다. 어물쩍 아무도 몰래 동거를 할 수도 있었지만 싫었다. 나쁜 일을 저지르는 것도 아니잖아. 가족의 인정만이 내가 넘어야 하는 허들은 아니잖아. 이미 집은 구해졌고 이삿날은 다가오고 있었다. 더 이상 미룰 수 없었다. 컴컴한 우물 속으로 돌을 던질 시간이었다. 가족들은 각각 다음과 같은 반응이었다.

언니 / 7년째 자취 메이트

"아, 그래? 언제 나갈 건데?"

언니는 7년간 함께 살아온 동생에게 이별을 선고받은 사람치고는 덤덤하게 말했다. 자다가도 문득 외로워지면 내 침대로 파고드는 여리고 여린 사람이 저렇게 아무렇지 않을 수 있나? 예상치 못한 반응에 오히려 놀란 건 나였다. 조금은 서운할 지경. 듣자 하니 언니는 설쌤과 나의 연애 기간이 길어지면서 자연스럽게 나와의 이별을 준비하고 있던 모양이다. 그래서 그렇게 놀랍거나 슬프지 않다고 했다. 그래, 나 또한 해방감이 우선이긴 했다. 언니와 지지고 볶은 지난한 몇 년을 뒤로하고 이제야 떠날 수 있다니. 언니가 혼자 살아갈 앞으로의 시간이 신나기만을, 그 시간이 인생의 새로운 국면으로 접어

드는 변곡점이 되기를 바랐다. 내가 이삿날을 잡기가 무섭게 언니는 바쁘게 움직이기 시작했다. 이별 선언을 한 지 며칠 지나지 않아 집 앞에 차곡차곡 쌓여가는 '오늘의집' 택배 상자를 보며 깨달았다. 언니가 나 홀로 라이프를 무척 기대하고 있다는 사실을. 언니, 나와의 이별을 조금은 천천히 즐겨줘도 되지 않았을까?

아빠 / 경상도 남자

"아빠, 나 이제 남자친구랑 같이 살 거야."

내 마음대로 남자친구와의 동거를 결심한 주제에 아빠에게만큼은 허락을 받아야지 하는 마음이 있었다. 그런데 내 입에서 나온 말 모양새는 허락을 기다리는 게 아니라 일방적인 통보였다. 아빠의 생각이 어떻든 간에 전혀 연연하지 않겠다는 방패 같은 태도가 도를 지나쳐 선제공격을 날리고 말았다. 막상 아빠는 아무 대답이 없었다. 마음이 초조해진 쪽은 나였다. '어차피 좋은 가정환경의 표본이 되어주지도 못했잖아!' 찰싹, 뺨이라도 맞은 사람처럼 앙칼진 대사를 내뱉는 혼자만의 드라마는 이미 다음 컷으로 넘어가고 있었는데 말이다. 한참이 지나서야 툭 떨어진 "그래라" 하는 한마디에 화들짝 놀랐다. 허락을 받으려던 건 아닌데 기다렸던 대답을 들은 듯해 마음이 놓였다. 그런데 생각할수록 기분이 찝찝한 것이, 어쩌면 호되게 혼나더라도 보통 아빠들이 하는 지나친 걱정을 받아보고 싶었던 걸지도 모르겠다. "절대 안 된다!" 하는 불호령이나 "아무리 그래도 동거는 좀 그렇지 않냐?" 하는 전형적이고 막무가내 걱정 같은. 하지만 이번에도 아빠는 시시하게 한 발 물러서고 말았다. 마치 그 정도가 역할의 한계라는 사실을 익히 알기라도 한 듯이.

엄마/사랑 가득 낭만주의자

"엄마, 나 남자친구랑 살아보려고."

엄마는 아빠와는 또 달랐다. 엄마와 나 사이는 조금 가볍다. 언제나 엉뚱하고 나에 대한 사랑으로 가득한 엄마. 엄마는 내가 무슨 결정을 하든 응원해주겠지 하는 맥 빠진 믿음이 있다. 아니나 다를까, "그래, 자버가 고른 사람이면 좋은 사람이겠지?"라며 밝게 대답하는 엄마. 나는 뻔히 예상한 그 대답에 아주, 아주, 아주 조금은 실망했다. 아빠의 대답을 들었을 때와 마찬가지로. 이래라저래라 하면 버럭 화부터 낼 거면서, 막상 자유를 주면 내가 어떻게 돼도 아무 상관 없단 뜻으로 들려서 마음이 뒤틀린다. 하지만 그런 이유로 우울에 잠기거나 열을 올리기에 나는 너무 씩씩하다. 괜히 긁어 부스럼으로 시간을 죽이기보단 내게 주어진 자유를 만끽하기로 했다. 곧이어 엄마가 웬일로 첨언을 한다. "동거는 괜찮은데 결혼은 꼭 깊이 생각해보렴." 엄마여서 할 수 있는 말 같기도 하고 엄마가 할 말은 아닌 말처럼도 느껴져 어안이 벙벙해졌다. 응, 엄마보다는 깊이 생각해보고 결혼할 거야(라고 속으로만 생각했다)! 내 안에는 여전히 부모를 원망하는 사춘기 소녀가 생생하게 살아 있다.

나 / 돌다리도 수백 번 두드려보고 건너는 조심쟁이

"자버야, 너 이제 동거 시작하는 거야."

가장 중요한 '나 자신'에게 동의를 구할 차례가 왔다. 가족들이야 내가 남자친구와 살든 초록 피부 외계인과 살든 크게 왈가왈부하지 않으리란 건 진즉 알고 있었다. 문제는 보편과 상식을 잣대로 나를 바라볼 평범한 세상 사람들이었다. 어떻게 동거를 시작했는지, 왜 결혼을 하지 않는지, 나중에 싸우게 되면 어떻게 할지. 대답을 찾기까지 오랜 시간이 걸린 질문과 겪어보지 않고선 답을 알 수 없는 질문까지. 평범하지 않은 것에 대한 평범한 사람들의 의문 다발은 그것이 평범한 얼굴을 하고 있어서 더욱더 위협적이다. 나는 스스로에게 물었다. 그런 질문을 받아낼 자신이 있냐고. 솔직한 마음은 '자신 없다'였다. 누군가 내 사랑하는 사람과의 살림살이에 대해 꼬치꼬치 질문해오면 매번 뜨끔할 것 같고 매번 주눅 들 것 같다. 나에게 있는 건 신뢰하는 사람과 앞으로 함께 살자는 약속뿐. 그리고 왠지 잘 해낼 듯한 근거 가득한 자신감까지. 이를 바탕으로 함께 살아가는 날들이 평범한 얼굴들에게 할 수 있는 대답이 될 예정이다. 이제 닥치는 대로 겪어볼 일만 남았다. 듣고 싶은 답은 이미 정해졌고, 나는 그 답을 현실 속에서 마주할 씩씩함이 있었다.

2장

주인 할머니는
청바지에 스니커즈

알게 된 지 열흘이 채 되지 않은 낯선 동네 갈월동, 지어진 지 100년이 넘은 적산가옥 그리고 남자친구 설쌤과 처음 해보는 동거. 엇나가려면 아주 제대로 엇나갈 만한 큰 결정 앞에 나는 겁쟁이가 되어 있었다. 나란 사람은 작은 결정 하나에도 몇 날 며칠 고민하고 어떤 일이 벌어질까를 수십 번 시뮬레이션 돌려보는 성격이니 당연한 일이었다. 그런 나에게 용기를 불어넣어 준 이는 바로 주인집 할머니였다.

주인집 할머니로 말할 것 같으면 31년생(내가 가장 좋아하는 한국 작가 박완서와 동갑이시다), 무려 아흔한 살 나이에 청바

지와 스니커즈를 무리 없이 소화하고, 새하얗게 센 머리를 은은한 보랏빛으로 염색하는 센스까지 겸비하신 분이다. 워낙 자세가 꼿꼿해서 겉으로는 아흔이 넘은 나이를 가늠하기 힘든 것은 물론 바른 자세에서 나온 자신감 덕에 차려입은 옷까지 괜히 더 센스 있어 보이신다. 150센티미터가 넘을락 말락 하는 작은 키의 소유자이시지만 그럼에도 전혀 작다는 느낌을 허락하지 않는 당찬 말투를 가지셨다.

집 계약 전, 덜렁거리는 화장실 문이 마음에 들지 않아 할머니께 교체해달라고 요구했지만 완전히 까였다. 문이 마음에 들지 않으면 굳이 세를 들지 않아도 된다는 게 할머니의 지론이었다. 그런 할머니의 당당함에 매료되어 여기까지 오게 됐다. 이 정도 다부진 분이 50년이라는 긴 세월 동안 공들여 관리한 집이라면 별문제 없이 살 수 있지 않을까 하는 믿음이 차올랐기 때문이다. 100년 된 집과 거기서 반백 년을 산 백살 가까운 노인을 보고 가장 먼저 드는 생각이 '젊다'라는 건 아이러니하지만 정확한 표현이었다. 낡으려면 충분히 낡고도 남았을 것들 사이에서 여전히 반짝반짝 빛나는 그녀를 젊다는 말 아니면 뭐라고 표현할 수 있을까? 피 빨아 먹는 흡혈귀처럼 이 집에 찰싹 빌붙어 '젊은 감각'을 빨아먹을 생각에 난 그저 신이 났다.

그런데 이사 가기 전 번거로운 사건이 터지고 말았다. 집 자체가 워낙 오래되기도 했고 2년이나 거주자 없이 비워둔 공간이다 보니 2층 셋방 보일러가 고장 나 있었다. 자칭 젊은이인 나와 설쌤은 심부름 앱에 냅다 수리 문의를 넣었다. 여차저차 연락이 닿은 정비공은 무료로 보일러를 진단해주겠다며 다짜고짜 집부터 찾아왔다. 자신만만하게 보일러 곳곳을 헤집던 정비공은 갑자기 "어? 음, 하……"와 같은 나와선 안 될 탄식을 연신 내뱉더니 막판에는 보일러를 아주 망가트려 놓았다. 그걸 지켜보던 우리도 "어? 음, 하……" 당황만 하고 있었다. 집 밖으로 일 꼬여가는 냄새가 났던 걸까? 어버버하는 사이 주인 할머니께서 현장으로 다급히 출동하셨다.

단호한 표정을 한 채 등장한 주인 할머니를 본 엉터리 정비공은 당황하기 시작했다. 뭐라고 항변을 해야겠다고 직감한 그는 보일러가 오래돼서 그렇다는 둥 누가 손을 댔어도 일어날 일이었다는 둥 주저리주저리 변명을 늘어놓았다. 그런 정비공을 집에 들인 우리도 모종의 책임감을 느끼며 묵묵히 입을 다물고 곁눈질로 할머니 눈치만 살폈다. 그날도 청바지에 스니커즈를 신고 온 할머니는 안 그래도 꼿꼿한 허리에 양손을 척 꽂아서 더 위엄 있는 자세로 그 구차한 변명을 구구절절 듣고만 계셨다. 배짱이 콩알 반쪽만도 못 한 우리는 계약서 도장이 마르기도 전에 귀한 집에 문제를 일으킨 것 같아 심장이 쪼그라질 대로 쪼그라들었다.

"됐고!"

할머니는 단칼 같은 불호령으로 어처구니없는 상황의 맥을 탁 끊는 것 아니겠는가. 정비공의 말을 한마디라도 더 듣고 있으면 알레르기가 돋을 양 단단히 질린 표정이셨다. 이 불호령과 함께 시시비비를 가리는 지저분한 싸움이 금방이라도 터질 것만 같았다. 그런데 그 직후 할머니 입에서 나온 멘트에 나는 신선하고도 신선한 충격을 받고 말았다.

"한 푼도 물어내라고 안 할 테니까 어디를 어떻게 건드렸는지나 솔직하게 말하세요. 그래야 제대로 수리를 할 수 있으니까요."

다그침이었지만 예의 있었고 배려 속에 강단이 있는 말이었다. 혹시 고장 난 보일러 수리 비용을 덤터기 쓸까 봐 노심초사하던 정비공은 웬걸, 바른대로 불기만 하면 곱게 보내주겠다는 말에 맘이 살살 누그러지면서도 민망했는지 이래저래 복잡한 표정으로 고분고분 보일러 상태를 설명하기 시작했다. 생각지 못한 전개에 놀랐지만 무엇보다 할머니의 통 큰아량이 놀라웠다. 할머니는 단순히 일의 시시비비를 가리는 경지를 넘어서 언제 베풀고 언제 내쳐야 할지를 정확히 알고 컨트롤하고 계셨다. 말하자면 그 순간 할머니는 최고로 멋있었고 나는 홀딱 반해버렸다는 이야기다.

엉터리 정비공은 부랴부랴 자리를 뜨고 새로운 정비공 두 분이 찾아왔다. 할머니는 집에 문제가 생기면 우선 본인에게 이야기하라며 우리를 타일렀다. 본인이 이 집에 생길 수 있는 문제는 다 꿰고 있다면서 말이다. 그러고 보니 새로 온 정비공도 할머니와 구면인 듯했다. 할머니가 젊은이~ 젊은이~ 하고 불러서 눈치 못 챘는데 알고 보니 그 젊은이 정비공은 70대 노인이셨다. 우리보다 나이가 두 배, 세 배는 많은 분들이 "몸이 늙는 것보다 마음이 늙는 게 문제"라며 일 안 하고 놀기만 하면 마음이 늙고 쳐져서 안 된다는 대화를 주거니 받거니 하는데, 듣고 있는 몸만 젊은 젊은이 둘은 그저 뜨끔할 수밖에 없었다.

뚝딱뚝딱, 정비공의 손을 거치니 보일러는 금세 제대로 작동했다. 윙 하고 부드럽게 집 전체를 감싸는 보일러의 낮은 진동 소리가 원래 이렇게 평화로웠나? 완전히 고물이 된 줄 알았던 보일러는 몇 시간 전 일어난 난리는 나 몰라라 시치미를 뚝 떼고 잘만 돌아갔다.

"큰돈 나간 날에는 아예 돈을 확 써버려야 해. 내가 오래 살아보니 그런 게 있어!"

아흔 넘은 할머니가 말씀하시니 고개가 절로 끄덕여졌다. 점심 한턱을 내겠다는 할머니의 호쾌한 제안이었다. 할머니를 따라 도착한 곳은 동네 칼국숫집. "적게 먹어야 오래 살아. 그리고 여럿이서 먹을 때 욕심 내봤자야. 남 더 주고 미움 덜 받는 게 나아."

본인 칼국수를 설쌤 그릇에 계속 퍼주는 할머니를 보며, 우리더러 일찍 죽으라는 건가 괜히 삐죽거리는 마음도 솟았지만, 그냥 오늘은 젊음으로만 따지자면 할머니께 완패했구나 싶어 순수하게 웃음이 났다. 90대에 30대 둘을 이기셨으니, 이런 할머니가 젊었을 적엔 또 얼마나 날고 기고 다 하셨을까. 꺼내도 꺼내도 끝이 없을 듯한 이야기는 설쌤이 먹어도 먹어도 줄지 않는 칼국수를 가까스로 다 비워내고 나서야 겨우 끝이 났다.

식사를 마치고 돌아와 집을 보니, 이거 보통 부지런 떠는 사람도 결코 감당 못 할 손 많이 가는 천덕꾸러기 하나가 떡하니 서 있는 것 같았다. "너 정말 주인 한번 잘 만났구나!" 그중의 2층, 2층에서도 절반만 우리 차지였지만 어쨌든 그만큼이 우리가 앞으로 책임지고 가꾸며 살아가야 하는 터전이었다. 만약 집이 시들기 시작하면 우리 마음이 늙어가기 시작했다는 신호일 게다. 반면 집을 잘 운영한다면 낡아도 늙지 않을 인생의 비밀을 깨달을지도 모른다. 오래됐어도 구석구석 빛이 나는 이 집과 나이 들었어도 활력 넘치는 주인 할머니가 그 증거였다.

무서운 경고가 될 것이냐, 달콤한 비밀이 될 것이냐는 역시 나에게 달린 거겠지. 이 집에 들어와 사는 것만으로 현명하게 나이들 수 있겠다는 착각 어린 뿌듯함에 이미 잔뜩 취해 있긴 했지만 말이다. 어쩌면 이 얕은 뿌듯함이 낯선 갈월동의 100년 된 집에서 남자친구와의 동거를 겁나지 않게 해주는 구체적 실체였을지도 모르겠다. 음, 이렇게 말하고 보니 나 좀 무모한가? 확실한 건 동거를 마음먹은 그날, 마음먹은 대로 행동한 그날만큼은 난 확실히 젊었다는 거다. 소식하고 남들에게 미움받지 않으며 오래오래 살다가 문득 꺼내 보고 싶은 젊은 날 중 하루가 그렇게 지나가고 있었다.

왜
반달집이냐고요?

갈월동 집에 이사 들어가기도 전에 넉살 좋은 설쌤은 어느새 집주인 할머니에게 '그림 그리는 설선생'이라는 애칭으로 불리고 있었다. 집주인 할머니는 우리가 세 들어 살 집에 전에는 글 쓰는 사람, 통역하는 사람, 음악 하는 사람 등이 거쳐 갔었다며 집에 창작가의 그렇고 그런 기운이 있다는 또 다른 증거를 찾은 것처럼 기뻐하셨다. 남자친구는 그런 할머니께 집 근처 시장 풍경을 그린 포스터를 선물했고 할머니는 아침마다 거실 창문 한 번, 벽에 걸린 포스터 한 번 번갈아 구경하는 것이 일과가 됐다며 매우 흡족해하셨다. 그런 덕분이었을까? 비록 세 들어 사는 집임에도 우리 마음대로 집을 꾸며도 된다는 통 큰 허락이 떨어졌다. 그림 조공 없이도 그런 것에 연연하실 분은 아니었겠지만, 설쌤의 재주와 넉살이 괜스레 든든하게 느껴졌다.

그런데 꾸미는 건 둘째 치고 집이 워낙 오래된 데다 사람이 살지 않은 지 2년이나 된 곳이라 손 볼 곳이 한두 군데가 아니었다. 낡은 창문 틈새 모헤어가 손을 대자마자 바스스 바스러져 바람에 날아갔을 때 느낀 허망함이란. 앞으로 헤쳐 나가야 할 어마어마한 대청소와 수리의 서막이었다. 청소 업체를 부를까 하는 유혹을 몇 번이나 이겨내고, 둘이 함께니까 할 수 있지 않겠냐는 설쌤의 의욕에 힘입어 나도 청소 의지를 불태웠다. 누런 천장을 수세미로 박박 닦다가 뚝 떨어지는 땟국물을 얼굴로 받아내는 건 그리 유쾌한 체험은 아니었지만 말이다. 집 곳곳을 쓸고 닦으며 두 손으로 직접 집 생김새를 익히는 일은 소중한 경험이었다. 방 윤곽을 이루는 나무 틀을 더듬으며 한 걸음 한 걸음 집 안을 몇 바퀴 돌아보기도 했다. 방마다 천장 고저가 제각각이라 문지방만 넘으면 계속해서 색다른 풍경이 펼쳐졌다. 반듯한 네모 상자 같은 아파트에서는 누릴 수 없는 묘미였다.

땟국물을 지워낸 집은 제법 사람 살 만한 구색을 갖춰나갔다. 그러고 나니 이젠 집을 어떻게 꾸며야 살맛 날까 하는

페인트칠하기 전 복도

궁리로 머리가 바빠지기 시작했다. 그중에서도 제일 고민스러웠던 건 침실로 쓸 작은 방의 벽 색깔이었다. 다른 방에 비해 얼룩이 많이 져 있어 페인트칠이 필수였고 천장이 제일 낮은 곳이라 답답한 느낌이기에 제일 먼저 손보고 싶은 곳이었다. 붉은 기가 도는 나무 프레임과 어울리면서도 너무 무난하지 않은 색으로 칠하고 싶다고 생각만 했을 뿐, 구체적으로 확 끌리는 색이 없어 곤란했다. '개성 있으면서도 주변과 잘 어울리는'이라니, 쉽게 떠오를 리 없는 색이었다. 이사를 앞둔 며칠 동안은 퇴근만 하면 매일같이 갈월동 집에 들러 청소를 했고, 그날 청소 할당량을 마친 뒤 빈방을 보며 상상의 나래를 펼쳐보곤 했다. 어떤 색으로 칠하면 좋을까? 밤늦도록 고민해봤자 소용없는 일임을 그때는 새까맣게 몰랐다.

주말에도 짬을 내 이른 아침 집에 들렀다가 우연히 침실 창가로 들어오는 따뜻하고 노란 아침 볕을 봐버렸다. 드디어! 벽에 비친 아침 볕이 형광에 가까울 만큼 새빨갛게 타올랐다가 서서히 뽀얀 주황빛으로, 이내 따스한 노란빛으로 변하는 풍경을 가만히 바라봤다. 동향집 겨울 아침에만 볼 수 있는 선물 같은 순간이었다. 그때 바로 방을 무슨 색으로 칠할지 결단이 섰다.

"설쌤, 우리 침실을 노란색으로 칠하는 건 어때?"

침실을 노란색으로 칠해놓고 사는 사람이 있을까? 너무 과한 것 같기도, 너무 유치한 것 같기도 해서 망설여졌지만 설쌤도 왠지 좋은 생각이라고 했다. 이제야 말할 수 있게 됐다. "침실은 노란색이다!" 예쁜 아침 볕을 벽에 그대로 담은 듯한 따뜻한 노란색 침실이라면 매일매일 꿀 같은 잠을 잘 수 있지 않을까? 서로 원하는 색이 달라서 싸우기라도 할까 봐 걱정했는데 그 과정이 순조롭게 넘어가서 다행이었다. 머리에 떠올렸던 이상적인 노란색을 현실 세계에서 구하는 그다음 과정이 조금 고생스러웠을 뿐. 논현동 가구 거리에 있는 페인트집을 두세 번 왔다 갔다 한 끝에 원하던 노란색을 만들 수 있었다. 100년 된 나무 프레임의 귀한 빛깔이 상하지 않도록 꼼꼼히 마스킹한 다음 롤러에 페인트를 푹 적셔 벽에 노랗고 기다란 선 하나를 처음 그었을 때의 짜릿함을 잊을 수 없다. 내 마음대로 내가 원하는 색으로 내가 살 방을 페인트칠하는 자유로움. 아주 오래전부터 꿈꾸던 것이었다.

어린 시절, 온 가족이 한방에 나란히 이불을 펴고 옹기종기 모여 잠을 청해야 했던 때가 있었다. 아빠 코 고는 소리가 너무 가까워 잠을 설칠 때는 눈을 감고 속으로 소원을 빌었다. '나만의 방을 갖게 해주세요. 음, 예쁜 책상 하나도 있으면 좋고요.' 매일 똑같은 소원을 빌었고 어떤 방이 좋을까 상상하다 보면 금방 잠들 수 있었다. 어쩌다 혼자 집을 지키는 순간이 오면, 낮은 탁상 밑에 기어들어 가 낙서를 했다. 주로 언니 욕과 좋아하는 만화 캐릭터 따위를 그렸다. 온 가족이 다 함께 공유하는 코딱지만 한 집에서 나라는 존재를 욱여넣을 자리로는 탁상 밑이 제격이었다. 가족들이 옹기종기 머리 맞대고 모이는 오브제 바로 아랫면에 나만의 은밀한 사생활을 문신처럼 새겨놓았다는 쾌감이 엄청났다. 그 좁은 탁상 아래에서 낙서하다가 스르륵 잠이 들어 생애 처음으로 가위에 눌리기도 하고 나중에는 탁상 밑면이 낙서로 빽빽해서 더는 그릴 자리도 남지 않게 됐었지, 아마.

(낙서중)

아래위로 쓱쓱 페인트칠을 되풀이하다 보니 생각에 빠져 지나간 어린 시절 탁상 아래까지 의식이 흘러가고 말았다. '자기만의 방을 갖고 싶어 하던 열두 살 어린애가 이렇게 자라서 방을 꾸미다니, 대단하군'이라며 조금 우쭐해하기도 하면서 말이다. 문득 옆을 보니 설쌤도 묵묵히 페인트를 칠하고 있었다. 몸은 고되지만 속으론 벅차오른 듯한 표정. 하얀 벽을 노랑으로 채우면서 설쌤의 머리엔 어떤 꿈이 채워지고 있을까? 애써 물어보진 않았다. 함께 이뤄가면 되니까. 페인트칠을 하다 보니 시간이 너무 늦어져, 아직은 어수선한 그 집에서 대충 이부자리만 펴고 자고 가기로 했다. 방에는 간이 조명 하나와 나중에 걸고 싶다며 설쌤이 가져온 그림 액자 하나만 달랑 놓여 있었다. 내가 페인트칠한 방 한가운데에 누우니 마음이 그렇게 넉넉할 수가 없었다.

"설쌤, 갈월동이 무슨 뜻이지?"

설레서 그런지 잠도 오지 않고 괜히 동네 이름 유래가 궁금해졌다. "칡을 캐는 갈월 도사가 살던 곳이라 갈월동이라던가?" 생각보다 허무맹랑한 동네 이름이 약간은 시시하게 느껴졌다고 말하면, 외지인의 오만인가? 그래도 여차여차한 사연으로 얽힌 이름이 좀 더 흥미로울 것 같단 생각이 들었다. 무엇보다도 '월'이 들어가서 그런가 계속 달이 떠올랐다. 그럼 '갈'은 갈망한다는 뜻을 써서, 보름달이 되고 싶은 반달이 사는 곳, '갈월동 반달집'이라 부르면 어떨까? 둘이 합쳐 하나의 보름달이 되고 싶을 수도 있고, 아니면 각자가 보름달이 되길 바라는 꿈 많은 반달 둘일 수도 있다. 아직 대단한 무언가가 되진 않았지만 꿈으로 빈자리를 채워나간다는 의미에서 갈월동 반달집이라는 이름이 무척 마음에 들었다. 그렇게 노란색으로 가득한 방에서 노란 반달 두 개를 떠올리며 나는 정말이지 따뜻한 마음으로 잠들 수 있었다. 그렇게 반달집에서의 첫날밤이 지나갔다.

그럴싸한 분위기로 변신

노란색 벽과 잘 어울리는 일러스트

아니, 책을
왜 거기다 둬?

사랑하는 사람을 떠올리며 이런 생각을 해본 적 있는지? 우린 서로 닮아서 끌린 걸까, 아니면 서로 달라서 끌린 걸까. '우린 역시 닮은 곳이 많아서 좋아'라든지 '늘 생각지도 못한 방향으로 톡톡 튀는 당신이 좋아'라는 나름의 결론이 있겠지만, 대부분 연인은 이렇게 대답한다고 한다. "저희는 달라도 너무 달라요. 같은 지구인이라는 게 믿기지 않을 정도로요. 우리가 사랑에 빠진 건 기적이죠!" 이를 주제로 진행한 심리 실험 결과는 이들의 생각과는 달랐다. 연인 대다수가 이미 90퍼센트 이상 가치관, 정치 성향, 경제력, 취향, 생활 양식 등에서 공통점을 갖고 있고, 실제로 다르다고 할 수 있는 부분은 끽해야 10퍼센트가 채 안 되는 것으로 밝혀졌다. 서로 비슷한 부분은 너무 당연해서 눈에 잘 띄지 않고, 서로 다른 영역은 자주 부딪히고 언급되기에 공통점보다 차이점이 훨씬 더 '커 보일' 뿐이라고 한다.

아마 그런 심리 아닐까. 모양이 서로 다른 종이 두 장을 마주 대고 보면, 겹치는 영역이 대부분이어도 삐뚤빼뚤 튀어나온 부분만 눈에 보이는 심리. 우리 마음속엔 사랑하는 사람과 결국 같아지고 싶은 본능이 있는 것 같다. 나와 다른 상대방 모습에 끌린다면 나의 요철을 잘라내고 싶고, 상대방 모습이 마음에 들지 않으면 나를 본떠 거기에 맞게 상대방을 교정하고 싶은 본능. 나는 네모, 너는 세모인 채로는 도통 앞으로 굴러 가지지 않을 때가 많다. 오래된 커플인 우리는 서로의 다른 점을 교정할 대로 교정한 채, 더 이상 서로 타협 의지가 없는 영역은 그냥 눈 감고 모르는 체하기로 암묵적 합의가 된 상태였다. 하지만 동거하게 된 마당이니 이런저런 이슈 앞에 마냥 눈을 감고만 있을 순 없었다. 당장은 반달집 가구 고르기 미션이 우리 앞에 놓여 있었다. 상대방이 말도 안 되는 디자인의 가구를 사고 싶다고 주장하면 어떡하지? 나의 의지를 굴복시킬 걱정보단 상대방에게 어떻게 내 주장을 관철할지가 더 걱정이었다.

"이 의자 어때?"

설쌤이 메신저로 의자 사진 하나를 보내왔다. '어디 보자, 당장 의자가 필요하긴 한데…… 이 의자는 어째 상판은 빨강인데 다리는 노랑에 파랑까지 참 다채롭구나.' 정말이지 설쌤의 안목답게 예쁘고 희한하고 무용한 의자였다. 절레절레 고개를 흔들며 나는 답장을 보냈다. "그래 좋아, 주문해." 깊이 생각하지 않았다. 그냥 알록달록한 의자가 중후한 나무 프레임 안에 놓여 있는 모습을 상상했다. 산뜻하고 귀여운 풍경이었다. 그 안에서 살고 싶었다. 이건 너무 설쌤 사고방식인데, 하며 좀 의아해했지만 기분은 좋았다. 내가 이런 과감한(?) 선택도 할 수 있는 사람이구나. 배송된 의자를 텅 빈 거실에 가져다 놓으며

문제의 의자에 놓인 주전자

설쌤은 흐뭇한 표정으로 이야기했다. 아무것도 없는 거실에 의자 하나만 덩그러니 놓인 이 장면을 꼭 보고 싶었다고. 비록 동참하기는 했으나 이해할 수 없는 사고방식이었다.

그 후로 나는 '응봇'이 되고 말았다. 설쌤이 귀여운 아이템을 발견할 때마다 내 입에서는 족족 응, 응 좋다는 대답만 나왔다. 그러다 보니 테이블, 책장, 수납장과 같은 꼭 필요한 가구는 아직 들이지도 못한 채 빈집에 아기자기한 소품만 잔뜩 굴러다녔다. 갈색과 보라 패턴이 예쁜 부엌 행주, 요즘 그 어디에서도 볼 수 없는 아날로그 체중계, 스케이트보드 모양 나무 선반 등(한꺼번에 나열하니 더 쓸데없어 보인다!) 점점 재미있는 집이 되어가고 있었다. 그 작고 개성 있는 것들이 집을 꽉 채우진 못해도 얼굴에 난 매력점처럼 집에 묘한 매력을 더해갔다. 내가 너무 설쌤 의견에 휩쓸려가는 건 아닐까? 잠깐 의심에 시동을 걸었다가, 내가 내키지도 않는 걸 억지로 할 리 없다는 사실이 너무 자명했기에 그만뒀다. 같이 살기 전엔 몰랐는데 인테리어 취향이 이렇게나 찰떡같이 잘 맞다니. 행운이었다. 가구 고르다 파혼까지 갈 뻔했다는 신혼부부 사연을 떠올리며 상대적인 우월감에 젖기까지 했다.

이케아에 갔을 때 있었던 일이다. 거실 테이블과 침실 수납장 등 필수 가구 구매를 더 이상 미룰 수 없던 차였다. 필요한 가구가 있는 섹션으로 이동하는 중에 '이상한 나라의 앨리

스'에나 나올 법한 오묘한 시계장이 눈에 띄었다. 길쭉한 사다
리꼴 모양을 한 책장 위로 동그란 시계가 얼굴처럼 달린 만화
체 시계장이었다. 설쌤에게 저 시계장 좀 보라며, 꼭 우릴 쳐다
보는 것 같지 않냐면서 감탄했다. "귀엽다, 그런데 저런 걸 누
가 살까?" 하하 호호 웃으며 그 시계장을 지나쳤다. 그리고 이
케아에서 돌아오는 길, "누가 살까"의 '누가'는 바로 우리임이
밝혀졌다. 설쌤도 나도 쇼핑하는 내내 그 시계장 생각이 떨어
지지 않았다. 아마 저 시계장이 우리 집에 너무 잘 어울리는 탓
일 거라며 억울하지만 아무래도 그 시계장을 구매해야만 한다
는 결론에 다다랐다. 충동구매를 이렇게나 잘해서 어떡하지?

집에 들어가 살기도 전에 지갑이 거덜나는 게 아닐까 슬슬 불안할 정도로 쇼핑 쿵짝이 잘 맞는 하루하루였다.

"새롭네, 새로워!"

보일러가 문제없이 잘 작동하는지 확인차 우리 집에 들르신 주인집 할머니께서 노랗게 칠한 침실 벽을 보고 감탄하셨다. 아무리 집주인이 허락했다고 해도 그렇지, 벽을 노랗게 도배해버릴 생각을 하다니. 페인트칠한 장본인이 생각해도 발칙한 색깔이었는데 다행히 할머니 맘에 든 것 같았다. 50년 넘는 세월을 이 집에 살면서도 노란 페인트칠을 할 생각은 못 해보셨다면서 말이다. 할머니의 응원에 힘입어 우리는 집 꾸미기에 박차를 가하기 시작했다. 특히 내가 출근하고 없는 동안 설쌤이 사부작사부작 많은 일을 수행했다. 가구를 조립하거나 아기자기한 소품에게 제자리를 찾아주는 식이었다. 퇴근해 올 때마다 집은 조금씩 바뀌었

설치 전, 설치 후의 시계장 모습

고, 난 남의 집 구경하듯 신나게 집 안을 돌아다녔다.

'아니, 저게 뭐야?'

그러다 눈에 거슬리는 뭔가를 발견했다. 아무것도 없던 거실 스탠드 조명 아래 굉장히 낯익은 물건이 놓여 있는 것 아니겠는가. 내가 뉴욕에서 사 온 『피넛츠』 원문 만화책이었다! 손바닥만 한 사이즈에 스누피 친구들이 올망졸망 그려져 있어 꾸밈용 오브제로 쓰이기 좋은 건 알겠다만, 내 머리로는 '책'을 '오브제'로 활용하는 행위를 도저히 용납할 수 없었다. 난 인질을 풀어주듯 『피넛츠』 책을 낚아채 다시 책장에 꽂아두며 설쌤에게 한 소리 했다. "꾸밀 게 따로 있지. 어떻게 책을 조명 아래에 둬?" 설쌤은 꾸지람 들을 정도로 잘못한 일인지 모르겠다는 표정으로 얼떨결에 사과했다. "그래서 자버는 원어로 된 그 책, 다 읽었어?" 하는 물음에는 물론 대답하지 않았다.

책꽂이에서도 위화감이 물씬 풍겼다. 굉장히 조화롭고 자연스러운 듯 사람 손을 많이 탄 인위적인 아름다움의 정체는 뭐지? 하고 다시 보니, 책들이 색깔별로 그러데이션을 이루며 깔끔하게 분류되어 있었다. 으악! 내 뒤에는 본인의 걸작이 자랑스러운지 뿌듯한 표정을 짓는 설쌤이 서 있었다. 뒤죽박죽 어지럽던 책장이 얼마나 깔끔해졌는지 내가 알아봐주길 원하는 것 같았다. 하지만 미안하게도 난 무서웠다. 설쌤이 얼마나 '시각적인 것'에 민감한 사람인지를 망각했던 나 자신에

게 소름 돋아 무서웠다. (무려 직업이 일러스트레이터인데!) 천성이 지저분하고 무딘 나와 그 반대인 설쌤, 잘 살 수 있을까? 충동구매 몇 번에 마음이 통했다고 우리가 천생연분이라 생각하다니. 설혹 99퍼센트가 같다고 해도 역시 1퍼센트가 다른 것은 아주 크다. 1퍼센트는 아주아주 크고 매우매우 영향력 있는 수치다.

시간이 지날수록 집 크기는 그대로인데 물건만 점점 늘어난다. 신기하게 코딱지만 한 집에 그 물건들이 다 들어간다. 벽이 옷걸이, 모자걸이, 가방걸이, 행주걸이 등 온갖 걸이로 가득하다. 선반이나 수납장에 공간이 생기면 설쌤이 먼저 차지하기 전에 내 물건으로 그 공간을 선점하겠다는 경쟁심이 솟는다. 가끔 생각지도 못한 장소에 생각지도 못한 물건이 놓여 있을 때 '도대체 왜?'라는 삐뚠 의아함이 떠오르지만 그만큼 설쌤도 나의 삐뚠 구석을 참고 있으리란 생각이 자연스럽게 뒤따른다. 그리고 아무리 달라봤자 겨우 열 중에 하나 정도 다른 구석일 테니까. 다른 하나보다는 같은 아홉을 더 생각하려고 한다. 열이면 열, 다 똑같으면 무슨 재미로 살겠어. 풀고 싶은 숙제가 있는 편이 낫다. 의아해서 귀여운 사람과 계속해서 재밌게 살고 싶다.

NO 세탁기
라이프

설쌤은 반달집에서 살기 전, 무려 3년을 후암동 작업실 창고 방에서 생활한 사람이다. 침실도 샤워 시설도 제대로 구비되어 있지 않은 1.5평 남짓한 공간에 버려진 데크를 쌓아 침대로 쓰고, 5천 원짜리 동네 목욕탕에서 밀린 샤워를 해결했다. 어쩌면 생활보다는 생존이란 단어가 더 어울렸달까. 빨래는 잔뜩 쌓아뒀다 남양주 본가에 가서 했으니 이 얼마나 지독한 사람인가. 후암동 탐험가 베어 그릴스가 따로 없을 지경. 내가 "힘들지 않아?" 하고 걱정스레 물어보면 설쌤은 "괜찮아, 조금만 더 부지런하게 살면 아무 문제 없어!"라며 씩씩하게 대답했다. 그게 무슨 신통한 묘안이라도 되는 양. 결국 몸으로 때우겠단 말이잖아! 물론 설쌤도 마냥 좋아서 창고 방에서 지내던 건 아니었다. 여건만 된다면 더 나은 거처를 찾고 싶어 했다.

'그냥 좀 더 부지런하면 된다'는 설쌤의 말 자체엔 때가 묻어 있지 않았다. 어쩔 수 없이 꾸역꾸역하는 눈가리개용 합리화가 없었다는 뜻이다. 어차피 해야 할 노동이라면 아무 거리낌 없이 해치우는 사람. 나는 설쌤의 그런 생활력과 부지런함이 구차해 보이지 않았다. 오히려 설쌤을 더 사랑스럽게 만들면 만들었지. 하지만 명확히 선을 긋자면 어디까지나 '남의 일'이기에 가능한 생각이었다. 부지런한 당신을 사랑하는 거지 어떻게 나까지 부지런해지겠어? 하하하.

"자버야, 우리 아예 세탁기 없이 살아보는 건 어때?"

귀를 의심했다. 사람 사는 집에 세탁기를 들이지 말자니? 너무 구질구질하잖아! "그건 말도 안 되는 생각이에요." 나는 기분 나쁜 티를 팍팍 내며 말했다. 반달집을 준비하면서 처음 생긴 마찰이었다. 생필품인 빨래 건조대를 사자는 나의 말에 설쌤은 "집 안에 빨래가 여기저기 널려 있으면 너무 너저분하고 스트레스 받아. 건조기에 건조하면 훨씬 좋을 텐데"라고 말했다. 건조기는 고사하고 세탁기 둘 곳도 마땅찮아 죽겠는 이 작은 집에!

설쌤은 건조기를 두지 못할 바에 빨래는 빨래방에서 해결하는 게 어떻겠냐고 했다. 물질적인 부족함을 시간과 노동력으로 때우는 일, 가난의 동사형이 있다면 사전풀이가 딱 저렇지 싶다. 가난은 지긋지긋했다. 아니면 감성으로 덕지덕지 도배한 반달집도 결국엔 작고 초라한 월세방이란 사실을 직시하기 싫었던 걸까? 낭만의 창틀 사이로 들어오는 외풍을 모른 척하고 싶었던 걸까?

"나는 세탁기 없이 절대 못 살아. 빨래방을 가려거든 설쌤 혼자 가."

감히 부지런해질까 보냐, 으름장을 놓아보았다. 내게 나쁠 것 없는 제안이었다. 설마하니 그러겠다고 대답하겠어? 하는 심보로 내 눈은 이글거렸다. '드디어 시작이구나' 하는 생각도 들었다. 언니와 함께한 자취 7년의 역사, 다시 말해 다툼의 역사를 잘 아는 터라 나는 싸움 냄새를 잘 맡는다. 언젠가 부딪히고 싸울 일, 이렇게 시작하는구나. 그래 한번 싸워보자. 싸워봐야 해결하는 방법도 익히지. 두근두근, 과연 설쌤은 내 제안 혹은 선제공격에 어떻게 대응할 것인가? 와라!

"자버 생각이 그렇다면 빨래는 나 혼자 할게요."

어라? 이게 아닌데. 조금 더 다투다가 못 이기는 척 세탁기 쇼핑을 하는 그림이어야 마땅한데……. 예상치 못한 설쌤의 담백한 대답으로 전투태세는 급하게 마무리되었다. 몇 해 전,

조금만 더 부지런하면 아무 문제 없다던 그 말의 순도 높은 정직함이 그대로 묻어나왔다. 싸우지 않고 끝나서 다행이긴 해도 묘하게 실망스러웠다.

'두고 보자. 얼마 못 가 지치겠지.' 그렇게 NO 세탁기 라이프가 시작됐다. 한 달, 석 달, 반년…… 꽤 오랜 시간이 지났지만 설쌤은 여전히 빨래방을 묵묵히 오갔다. 비가 와도, 눈이 와도, 바쁜 날도, 노는 날도 예외는 없었다. 차라리 생색이라도 내면 마음이 편할 텐데, 그 묵묵함과 꾸준함이 되레 나를 쿡쿡 찔러 몇 번 빨래방에 동행하거나 빨래 개는 일도 거들었다. 물론 나는 거드는 정도지 빨래는 설쌤이 전담한다고 할 수 있다. 이번에도 설쌤의 부지런함은 순도 100퍼센트 진짜였고 꾸준히 쌓인 시간이 그 사실을 증명해버렸다.

"음, 아니. 거짓말일 거야."

나는 그 부지런함을 부정하련다. 반달집에서 세탁기의 빈자리는 내게 콤플렉스다. 본인은 괜찮다지만 피곤한 몸을 이끌고 빨래하러 가는 설쌤을 보면 마음이 축축해지면서 조금씩 조금씩 무너진다. 그 느낌은 부정할 수가 없다. 만약 반달집을 떠나야겠다고 마음먹는 날이 온다면, 그건 아마 이 비좁음 때문이리라. 동거하는 두 사람 사이에 다툼이 없다고 해서 다름이 없는 건 아니다. 삶이란 어찌 됐든 앞으로 나아가려는 속성이므로 반달집에서의 동거도 어느 영역에선 동상이몽인 채로 덜그럭덜그럭 굴러가고는 있다. 우린 건조 기능까지 겸한 세탁기가 있는 삶으로 잘 굴러갈 수 있을까? 문득 수많은 선택지 중에 우리가 헤어져 각자의 삶을 살게 되는 그림은 전혀 고려하지 않고 있다는 사실을 깨달았다. 그래, 달라도 함께 가자. 방법을 찾을 수 있을 거야.

연인이
함께 자지 못하는 사정

식탐 많고 굼뜬 몸뚱어리건만 타고난 복 하나가 있으니, 그건 바로 깸력이다. 깸력이란 아무리 늦게 자도 벌떡, 알람을 맞추지 않고 자도 벌떡, 아침 일찍 벌떡벌떡 잘 깨는 능력을 말한다(내가 지어낸 말 맞습니다). 별다른 저항 없이 시간이 됐다 싶으면 자연스레 눈이 떠지는 깸력 덕분에 난 평생을 아침형 인간으로 살아왔다. 아침마다 잠과의 전쟁을 치르며 괴로움 속에 겨우 이불을 떨치고 일어나는 사람들이 많음을 잘 알기에 (아마 대부분의 직장인이 겪는 스트레스 아닐까?) 나 자신도 깸력을 하늘이 내려주신 귀한 특혜라 여기며 산다. 단지 일찍 자고 일찍 일어나는 리듬을 태생적으로 타고났을 뿐인데, 아침형 인간을 성실하고 부지런하며 일탈 않는 좋은 인간이라 치부해주는 세상의 호의가 고마울 따름이다(잘 계산해보면 아침형 인간의 절대 수면 시간이 그렇게 적은 것도 아닌데 말이야, 쩝).

아침이 주는 에너지는 특별하다. 신선하게 반짝이는 아침 볕을 보고 있으면 늘 똑같이 반복되는 하루하루도 매일 새롭게 태어난다는 사실을 실감한다. 아무도 손대지 않은 새하얀 캔버스를 독차지한 화가처럼 우쭐한 마음마저 든다. 세상이 셔터를 올리는 시간과 몸이 깨어나는 시간이 조화를 이룰

때, 온 우주가 내 세포 하나하나를 응원해주는 듯한 착각에 빠지기는 또 얼마나 쉬운지. 샤워기 물세례를 받으며 노래를 부르듯이 아침 볕 샤워를 받으며 온몸 세포들이 둥둥 리듬을 타며 하루를 향해 노 저어가는 힘찬 동세를 그저 느낀다. 그렇게 에너지를 잔뜩 받고 나서야 집을 나선다.

이다지도 아끼는 아침 시간인지라 나는 깸력에 대한 강한 애착이 있다. 설쌤과 동거를 시작하면서 그 부분이 제일 큰 걱정이었다. 극단적인 올빼미형 인간인 설쌤이 깸력에 방해가 되면 어떡하지? 예술을 하는 사람 대부분은 왜 올빼미형일까? 번뜩이는 영감이란 고요한 밤이 되어야만 찾아오는 것일까? 서로 한창 바쁠 때는 함께 깨어 있는 시간이 두세 시간밖에 겹치지 않았던 적도 있다. "이제 깼어? 난 곧 잘 거야"라는 메시지를 주고받길 다반사. 이런 설쌤과 한 공간에서 생활하다 보면 나의 신체 리듬이 점점 망가질 것 같아 지레 겁부터 났다. 아무리 사랑하는 사이여도 함께 살면 침실을 따로 쓰거나 침대를 각자 쓰겠다고 호언장담해온 나인데, 현실적인 여건이 그럴 수 없는 상황이었다. 어쨌든 한 침대에서 자면 상반된 리듬이 한데 뒤섞일 텐데, 과연 어느 쪽이 알력 싸움에서 이기게 될 것인가?

같이 생활하기 시작한 처음 몇 주 동안은 놀러 온 사람들처럼 신나게 보내느라 문제랄 게 없었다. 예쁘게 꾸며진 집도

있겠다 근처 마트에서 장을 봐와서 맛난 음식을 해 먹고 술도 곁들이다 자연스럽게 잠드는 소꿉놀이 같은 일상이 이어졌다. 설쌤은 아침마다 회사에 가져갈 커피를 끓여주겠다는 (다소 무리한) 약속까지 했다. 실제로 일주일 정도는 설쌤이 끓여준 커피를 보온병에 넣어와 회사에서 호로록 마시며 훈훈함에 겨운 시간을 보내기도 했다.

그런데 점점 설쌤이 커피를 끓여주는 시간대가 늦어지더니 결국 출근 시간이 임박했는데도 설쌤이 일어날 생각을 하지 않아 빈손으로 회사에 가기 일쑤였다. 잘 시간이 돼서 함께 침대에 누워도 설쌤은 뻣뻣한 자세로 말똥말똥 깨어 있다가 얼마 못 버티고 침대에서 일어나 거실로 나갔다. 아침에 일어나보면 설쌤은 옆에 곤히 잠들어 있었고 난 설쌤이 깰세라 조용히 회사 갈 준비를 했다.

잠자는 도중 설쌤의 인기척에 잠을 방해받는 문제는 차치하고, 내게 있어 가장 안타까운 건 설쌤이 반달집의 겨울 아침을 누리지 못한다는 점이었다. 반달집은 동향으로 크게 창이 나 있는 집이라 해 뜨는 시간이 말도 못 하게 아름답다. 머리만 빼꼼 내민 태양이 세상을 서서히 밝힐 때 잠깐 넋을 놓고 있으면 어느샌가 번쩍하고 온 세상이 새빨갛게 이글거린다. 너무 강렬해서 눈을 감아도 머리통 안에 붉은 조명이 켜져 있는 것 같은 침투력 강한 빨강이다. 그러다 서서히 그 밝음이 곳곳으로 퍼져나가며 농도가 옅어지고 코끝 시린 겨울의 푸르스름한 아침이 완성된다. 볕 세례를 직접 쮈 수 있는 자리에 앉아 가만히 그 과정을 지켜보고 있으면 따뜻한 기운이 몸에 한가득 충전되는 느낌이다. 그 에너지로 밥도 맛있게 지어 먹고 사람들과 반갑게 인사도 하고 글도 쓰고 여기저기 쏘다닐 수 있겠구나 한다. 귀한 아침 시간이야말로 반달집이 우리에게 주는 선물인데 설쌤이 누리지 못하다니, 너무 안타까워서 가만히 두고만 볼 수 없었다.

일찍 일어나기 위해서는 우선 일찍 자야 하는 법. 설쌤이 잠들기엔 다소 이른 시각, 나는 따뜻한 전기장판을 미끼 삼아 설쌤에게 한 번만 누워보라고 권했다. 겨울 냉기에 발이 시렸는지 설쌤은 다가와 몸을 녹였지만, 끝끝내 잠들지는 않았다. 한번은 강제로 이른 시간에 깨워보기도 했다. 시끄러운 드라

이기를 침실로 가져와 잠든 설쌤 바로 앞에서 머리를 말렸더니 설쌤이 끔뻑끔뻑 눈을 떴다. 무거운 몸을 이끌고 부엌으로 가 내게 커피를 내려주기까지 했다. 그것도 잠시 회사에 출근한 뒤 점심시간쯤 연락을 해보면 설쌤은 묵묵부답이었다. 2시나 3시께 문득 개운하게 잘 잤다는 메시지 하나가 도착할 뿐. 설쌤을 아침형 인간까지는 아니어도 브런치형 인간 정도로는 만들고 싶었는데, 대실패였다.

"자버야, 이 사진 좀 봐. 정말 깨우고 싶었는데 참았어."

만약 그 사진을 보지 못했더라면 나는 아직도 설쌤을 아침형으로 만드는 데 집착하고 있었을지 모른다. 설쌤이 내게 보여준 사진은 동트기 전 고요한 겨울 새벽하늘 사진이었다. 남색 하늘에 핑크빛 구름이 뽀글뽀글 올라온 명랑한 새벽녘이었다. 우와, 이런 풍경이 펼쳐진다고? 내가 잠든 시간 동안 설쌤은 혼자서 이 새벽을 만끽하고 있었다. 아침만이 반달집이 준 선물인 줄 알았는데 완전 착각이었다. 설쌤 말에 의하면 모두가 잠든 늦은 밤에만 느낄 수 있는, 고요함을 독차지한 것 같은 벅찬 감정이 있다고 한다. 그제야 무언가 해보겠다는 의욕이 활개 치면서 집중도 잘 되고 진도도 죽죽 잘 나간단다. 내가 가진 게 깸력이면 설쌤이 밤을 새우는 능력은 샘력이라고 해야 하나?

"우와, 동거요? 그럼 같이 자기도 해요?"

가끔 수줍어하면서 저런 질문을 하는 사람들이 더러 있다. 요즘 저 질문이 곤란하다. 침대는 하나지만 설쌤과 거의 따로 자다시피 하기 때문이다. 수면 시간 간극이 더욱 벌어져서 내가 일어날 때쯤 설쌤이 비틀비틀 걸어와 침대에 풀썩 쓰러진다. 두 사람이 바통 터치하듯 번갈아 쓰는 불쌍한 반달집 침대는 거의 온종일 쉴 틈 없이 사람을 꿈나라로 실어 보낸다. 그래서 나는 "한 침대에서 자는데 잠은 따로 자요" 하며 멋쩍게 대답한다. 자는 도중에 서로서로 잠을 방해할 일이 없어 좋달까? 여전히 같이 잠들고 같이 일어나 같은 풍경을 보며 감탄하지 못하는 건 아쉽지만, 그 어떤 집주인보다 반달집의 매력을 풍성하게 느끼며 살고 있으니 뿌듯하다. 이젠 나의 아침이 찬란한 만큼 당신의 밤이 얼마나 몰입감 넘치는지 이해하니까 괜찮다. 한 공간에 살면서 각자 가져가는 매력이 이렇게 다르다. 참 재밌는 일이다. 설쌤이 반달집에 대한 글을 쓰면 완전히 다른 느낌의 글이 펼쳐지리라 확신한다. 혹시 이미 어디선가 글을 쓰고 있는 건 아니겠지?

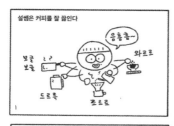

설쌤은 커피를 잘 끓인다

보글
보글

음흠흠~

와르르

드르륵

쪼르르

1

아쉽지만 이해하기로!

저는 사랑
깨우기도 뭣하고..
그냥 오늘은
커피 패스하지
뭐..

촉은..♪

6

몇번 맛있게 잘 마셨더니, 무리한 약속을 하고마는데...

오, 대박!
맛나유

"그래? 그럼 애일
출근 전에
끓여 줄게~!"

2

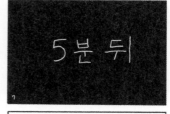

5분 뒤

7

처음 며칠 동안은~

커피마셔~

이건
회사에서
마셔~

(보온병)

3

5분 뒤...

아아
출근하기 싫다

띵-띵♪
띵띵딕~
♪띵딩띵

우으

우-응, 우웅

부스스

어..?

메시지..?

8

(회사)

난 무엇보다도 회사에 출근해서도
잠시나마 기분 좋은 시간이 있다는 게
무척 마음에 들었다. (잠시나마...?)

좋아...

4

어이구 미안 미안 많이 잤네..!
얼른 커피내려 줄게!

둥둥둥

어어, 깼어!!
에이~
괜찮은데~

(시리야, 알람종료)

설쌤, 당신은 악마와 계약해버렸습니다~

9

하지만 얼마 못 가, 예상했던 풍경이...

작가님, 커피..!

(아.. 자네..!)

쌔근
쌔근

5

범죄만 있고
범인은 없다

동거인이 프리랜서인 덕분에 직장인인 나는 제법 많은 혜택을 누리며 산다. 택배 걱정이 없다는 것도 그중 하나로, 근무 시간에 도착한 택배도 바로 받아줄 사람이 있으니 든든하다. 대문을 들락날락하며 택배를 나를 설쌤에게는 미안하지만, 나 또한 직장인이기에 해줄 수 있는 잡다한 도움을 주겠거니 생각하며 미안함을 상쇄시킨다. 그런데 그날만큼은 내가 너무 이기적이고 안일했음을 인정한다. 출근길, 대문을 나서며 새벽 배송된 택배 상자를 두 눈으로 똑똑히 봤음에도 '이따 설쌤에게 부탁해야지' 하는 생각과 함께 흐린 눈을 하고선 그냥 갈 길 가버린 그날 말이다.

"자버야, 택배는 없고 아이스팩 두 개만 굴러다니고 있어."

오후, 설쌤으로부터 온 메시지를 보고 가슴이 철렁했다. 일단 살면서 처음으로 택배를 도둑맞았다는 사실이 충격이었고, 아침에 택배를 보자마자 대문 안으로 들여다 놓기만 했어도 일이 벌어지지 않았으리란 후회가 뒤통수를 때렸다. 난 차마 설쌤에게 아침에 택배를 봤다는 사실을 털어놓지 못하고 택배를 도난당한 것이 분명하다며 분노했다. 택배 내용물은 냉동 도시락이었다. 도둑이 상자를 뜯어서 어차피 쓰레기가 될 아이스팩은 버리고 냉동 도시락만 홀랑 가져가 버렸다는 게 더 얄밉고 분했다.

피해 금액은 총 2만 4천 원인데…… 경찰에 신고해야 하나 말아야 하나. 2만 4천 원. 크다면 크고 적다면 적은 돈이었다. 하지만 피해 금액보다 내 도시락으로 배를 채운 택배 도둑이 같은 동네에서 뻔뻔하게 살아 숨 쉬고 있을 생각을 하니 열이 뻗쳐서 참을 수가 없었다. 그래서 냅다 국민신문고를 켜서 사건을 시간별로 상세히 서술하고 현장 사진까지 첨부한 다음 접수 버튼을 눌렀다. 보상받진 못해도 사건의 전말이라도 알아야겠다는 심정이었다. '도둑놈아, 잡히기만 해봐라. 내가 그 뻔뻔한 얼굴을 아주 제대로 확인해주겠어!'

며칠 뒤 용산경찰서에서 진술서를 쓰러 방문하라는 연락이 왔다. 택배 도둑을 잡겠다는 의지로 불타오른 나머지 귀찮은 줄도 모른 채 토요일 아침 8시부터 집을 나섰다. 무언가를 진술하러 경찰서를 방문하는 건 처음이었다. 내가 뭘 잘못해서 간 것도 아닌데 졸았다. 강력반 위치가 헷갈려 지나가던 형사한테 길을 물을 때도 '나 죄지어서 여기 온 거 아니에요'를 심하게 어필하며 굉장히 정갈하고 착한 어투로 말을 건넸다. 아마 나 말고 대부분이 그런 마음이겠지? 앞으로 어떤 삶을 살게 될진 몰라도 죄지어서 여기 다시 올 일은 만들지 말자고 다짐했다.

"범인은…… 배고픈 자이겠지요."

사건을 담당하는 형사는 안 봐도 뻔하다는 듯 얘기했다.

TV에서 보던 험악한 수사반장과는 거리가 먼, 회사에 흔한 과장처럼 열심과 무관심, 친절과 오지랖 그 어디쯤의 태도를 지닌 평범한 분이었다. 이른 아침부터 얼음이 채 녹지 않은 카페라테가 책상에 놓인 모습을 보니 밤새 숙직이라도 한 모양이었다. 사소하다면 사소한 사건일 텐데, 정해진 절차대로 진술서를 작성해주는 형사의 성의 있는 태도에 생채기 난 마음이 다소 누그러졌다. 그래도 범인을 찾고 싶은 맘은 굴뚝같았다. 아마 근처 노숙자가 범인일 거라 거듭 강조하는 형사의 추측에 난 그저 "모르는 일이죠"라고만 답했다.

역시 대수롭지 않은 사건이었던 걸까? 경찰서를 방문한 지 20일이 다 되어가는 동안 기다리는 사건 정황은 나오지 않고 애꿎은 담당 형사만 세 차례 바뀌었다. 속사정은 모르지만, 담당 형사가 바뀌었다는 문자를 받을 때마다 귀찮은 일을 다른 이에게 토스하는 평범한 직장인 얼굴을 한 형사 모습이 점점 더 생생해졌다. 그렇게 오랜 시간을 기다린 끝에 정황을 확인했다는 형사의 전화를 받았다. 그리고 CCTV가 알려준 '진실'은 그야말로 황당함 그 자체였다. 사건의 전말은 다음과 같다.

    ☐ 이른 아침 본인은 택배를 확인하고도 대문 밖에 방치하고 출근함
    ☐ 갑자기 바람이 불어 택배 상자가 쓰러지면서 내용물(냉동 도시락)
      이 밖으로 쏟아짐

□ 지나가던 폐지 줍는 할머니가 상자를 주워감

□ 지나가던 아주머니가 대문 앞에 널브러진 냉동 도시락을 주워감

□ 그렇게 대문 앞에는 아이스팩만 덩그러니 남음

　도둑은 누구일까? 아주머니를 도둑이라고 할 수 있겠지만, 아마 죄를 물으면 본인은 버려진 도시락을 주워갔을 뿐이라고 변명할 터였다. 폐지 줍는 할머니도 버려진 상자인 줄 알았다고 할 터였고. 그렇다면 바람이 잘못했나? 아니면 물러 터진 상자에 도시락을 담아 보낸 쇼핑몰이 잘못했나? 그것도 아니라면…… 역시 제때 택배를 대문 안에 넣어놓지 않은 나의 잘못인가? 머리가 너무 복잡했다. 누구 하나를 범인이라 꼬집어 말할 순 없고 택배를 도난당했다는 사실만 아이스팩처럼 덩그러니 놓여 휘휘 굴러다닐 뿐이었다.

　CCTV를 더 추적해 도시락을 가져간 아주머니의 행방을 알아보겠다는 형사의 말에 알겠다고는 했지만 나 스스로는 사건을 종결해버렸다. 바람, 쇼핑몰, 폐지 줍는 할머니, 도시락 주워간 아주머니 그리고 나까지 해서 저마다 4천800원어치 범죄를 저지른 거로 생각하기로 했다. 잘잘못을 가리는 일이란 이다지도 복잡하다. 하나의 원인이 하나의 결과를 만드는 이상적인 세상은 존재하지 않을지도 모르겠다. 알게 모르게 얼기설기 얽혀 있을 세상만사의 감춰진 수면 아래를 우연

히 목격한 듯해 멀미가 날 만큼 어지럽고 마음이 어수선했다.

택배 도난 사건 이후로 나는 미묘하게 태도가 조금 모호해진 사람이 되고 말았다. 함부로 뭔갈 추측하고 가정하고 짐작하는 일이 한층 더 무서워졌다. 반대로 그런 식으로 나를 판단하는 사람이 있다면 나는 그 사람을 한층 더 혐오하겠지. 난 꼰대에 가까워진 걸까, 아니면 멀어진 걸까? 알 수 없지만 확실한 건, 이제 나는 택배를 보자마자 대문 안으로 들여놓는 사람이 되었다는 사실이다. 복잡한 인과관계를 꿰뚫는 현안은 없을지언정 일을 덜 복잡하게 만들기 위해 원인 하나를 제거하는 일. 내 수준에서 할 수 있는 가장 최선이니.

'충동 결혼' 말고
'결혼 충동'

행복에 겨워 죽겠을 때, 가장 불안하다. 보통 사람 심리가 다 그런지는 모르겠다. 타인이 되어본 적이 없는지라. 이제 좀 편안해지겠구나, 안도의 한숨을 쉴라치면 따귀라도 한 대 맞은 듯 퍼뜩 정신을 차리게 된다. 내 삶은 늘 그런 식이었다. 정상으로 가는 오르막에서 일찌감치 내리막을 생각해두지 않으면 언제고 선로를 이탈해 산산조각 날지 모르는 삶. 점잖게 말하자면 새옹지마의 삶이려나. 그래서 좋을 때 미친 듯이 좋아하고 슬플 때 끝장난 듯 슬퍼하는, 그때그때에 충실한 삶을 동경한다. 언제나 현재에 머물러 있는 삶은 새옹지마의 반대니까 '마지옹새'의 삶이라고 하면 되려나. 내 손에 쥔 달콤한 사탕을 누군가 빼앗아 갈까, 땅에 떨어지진 않을까, 지나가던 새가 똥을 지리진 않을까 전전긍긍하지 않은 채 쪽쪽 빨아 먹고 느긋하게 핥아 먹다 침에 불어 터진 막대가 힘없이 끊어질 때까지 먹는 삶, 살아보고 싶다.

먹고 싶은 사탕이 참 많았지만 그중에서도 설쌤과의 동거 생활은 입에 넣어보기도 전에 알았다. 무척 달고 탐스러울 것이라는 사실을. '당장은 좋을 거야, 당장은.' 시작도 하기 전부터 스스로를 단속했다. 아니나 다를까 몇 년간 꾹꾹 억눌러온 설쌤의 요리 및 살림 욕구가 마구 터져 나왔고, 안 그래도 마음껏 예쁘게 꾸며놓은 공간과 시너지를 일으키면서 입도 즐겁고 눈도 즐거운 하루하루가 펼쳐졌다.

피곤한 퇴근길, 오르막 어귀에서부터 반달집이 보이면 마음이 녹았다. 문을 열고 들어서면 설쌤이 나를 반갑게 맞이해주었고, 나는 그날 하루 어떤 일이 있었는지 저녁을 준비하는 설쌤 옆에서 조잘조잘 떠들었다. 저녁을 다 먹고 창밖을 바라보면 깜빡깜빡 빛나는 해방촌 언덕이 어찌나 매혹적인지. 그 반짝거리는 리듬에 장단 맞춰 술잔을 기울였다. 별일 아닌 주제로 열을 올리며 토론하다가도 결국엔 하고 싶은 일, 되고 싶은 모습, 가고 싶은 곳을 꼽아보다 꾸벅꾸벅 지쳐 곯아떨어지곤 했다. 마음 벅차고 살도 포동포동 차오르는 행복한 나날이었다.

설쌤과 동거한 지 두 달 정도 되었을 때, 마음의 대문을 활짝 열고 온갖 부정적인 기운이 깃들기를 기다렸다. '자, 이제 사탕을 빼앗아 가렴. 충분히 달콤했어.' 설레는 매일이 시큰둥한 일상이 되고, 별거 아닌 말이 참을 수 없는 공격이 되는 처참한 현실이여, 오라! 하지만 그런 일은 일어나지 않았다. 모든 게 다 괜찮았다. 겸손함을 덜고 얘기하자면, 괜찮은 것 이상으로 괜찮았다. 종종 아픈 말로 서로를 쑤셔대며 싸웠던 우리 사이에 다툼이 사라졌다. 늘 정면에서 역풍을 맞으라 한 걸음 내딛기도 힘겨웠던 나의 등 뒤로 기분 좋은 순풍이 솔솔 불어오는 듯했다. '어쩌면 이 사탕, 막대만 남도록 다 먹어 치울 수 있겠는데?' 기분 좋은 예감으로 가슴이 콩닥거렸다. 아, 살면서 이런 복 하나는 내게 오는구나. 얼떨떨한 기분으로 행복을 할짝할짝 핥아먹었다.

'어쩌면 우리 결혼해도 괜찮을지 몰라.'

미쳤다. 내가 결혼 생각을 하다니. 거의 신혼과 다름없는 일상 아니겠는가. 딱히 결혼을 염두에 두고 시작한 동거는 아니었지만 계속 행복한 정도를 결혼이라는 줄자로 재보고 있었다. 숨 막힐 듯 꽉 끼거나 볼품없이 헐렁할 줄 알았던 결혼의 치수는 의외로 우리 몸에 알맞게 딱 떨어지는 듯했다. 그 발견이 너무나 달고, 달고, 달았다. 설쌤에게 지지 않으려 사납게 짖어대던 자존심이 꼬리를 내리고 온순해졌다. 어느 상황에서든 손해 보지 않기 위해 예리하게 돋아 있던 안테나도 무뎌졌다. '저 사람을 믿어도 된다'라는 눈물겨운 사실이 이불처럼 포근하게 불안감을 감싸안았다. 나의 성질은 시간이 갈수록 더 뭉뚱그려지고 으깨지고 보드라워졌다. '나'에서 조금 더 완벽한 '우리'가 되기 위해서. 나를 바쳐도 아깝지 않을 이름, 우리.

"그래 남자친구랑은 잘 지내고 있니?"

오래간만에 엄마에게서 안부 문자가 왔다. '잘 지내는 정도가 아니라 살면서 이렇게까지 하루하루가 만족스러운 적이 없었는데?' 어디 보자, 어떻게 표현해야 엄마가 알 수 있을까? 왠지 뻐기는 마음이 되어서는 엄마에게 우리의 해피 동거 라이프를 있는 대로 털어놓기 시작했다. 아무도 다그친 적 없는데, 은근히 엄마에게 내 선택이 얼마나 현명하고 옳았는지를 당당하게 보여주고 인정받고 싶은 욕구가 있었나 보다. 그래서 마지막에 확신에 확신을 더해줄 한마디를 보냈다. "얼마나 좋냐면 결혼하고 싶다는 생각이 들 정도야." 조금 갑작스러웠으려나? 하지만 도착한 엄마의 답장에 가슴이 냉해졌다.

"둘의 행복함에 빠져서 너의 내면을 들여다볼 고독한 시간의 소중함을 잃지는 마."

화가 났다. 엄마는 왜 축하는커녕 어쭙잖은 조언을? 정작 본인은 둘이 함께 사는 즐거움을 제대로 누려보지도 못한 사람 아닌가? 결국 몇 마디 가시 돋친 말로 티격태격하다가 엄마와의 대화가 끝나버렸다. 엄마가 모르는 나의 삶에 대해 함부로 조언하지 말라는 단언과 함께. 속상했다. 나의 소중한 것을 꺼내 보이며 자랑했을 뿐인데. 아니 좀 상처받은 건가?

'나의 내면을 들여다볼 고독한 시간'이라는 말이 머리에서 내내 지워지지 않았다. 그런 말을 할 자격이 없는 사람이라 여기고 그냥 무시하고 지나가면 될 일이건만 왜 이렇게 걸리는 걸까, 그 말이. 엄마가 찬물을 끼얹는 바람에 반달집을 바라보는 마음의 온도가 미세하게 낮아졌다. '제기랄, 영향받고 싶지 않았는데!' 정말 만에 하나 엄마 말대로 내가 단꿈에 젖어 나를 잃어버렸다면, 잃어버린 나는 어디에 숨어 있으며 나의 어떤 부분일까? 대여섯 살쯤 됐을 때인가, 엄마에게 물어본 적 있다. "엄마, 엄마는 내가 엄마 딸이어서 내가 좋지?" 그러자 엄마가 길게 생각하지도 않고 대답했다.

"아니, 엄마는 자버가 자버여서 좋아."

엄마는 처음부터 내가 누군가의 딸, 누군가의 애인이 아닌 나 자신으로 살길 바랐다. 그 말 한마디에 이 세상을 뚫고 나아갈 힘을 얻었고, 실로 그 힘으로 이 자리까지 왔다. 그 사실을 부정할 수는 없었다. 뒤적뒤적, 더듬더듬. 다행히 나는 아직 여기에 있었다. 이런 생각을 하고 글을 쓰고 약간의 분노를 느끼는 나는 반달집에 존재한다. 안심한 나는 좀 더 경계를 풀고 엄마의 말을 다시 생각해보기로 했다. 그래, 그 말도 맞다. 어쩌면

10년 넘게 혼자 살며 자기 자신을 길러온 사람이 한 말이니까 더 맞는 말일지도 몰랐다.

나는 아무 일도 없던 것처럼 그대로 반달집의 달콤한 일상을 즐겼다. 엄마의 치명적인 맹점이 보지 못한 사실이 하나 있었으니까. 둘의 행복함에 빠져도 여전히 혼자일 수 있다는 사실 말이다. 우린 억지로 '뭉뚱그린 우리'가 아니라 너와 내가 알알이 '뭉쳐진 우리'다. 아무리 생각해봐도 우린 각자가 하나의 보름달이 되고자 하는 두 개의 반달이다.

엄마의 안부 문자 덕분에 결혼 충동은 좀 가셨다. 우리가 서로 결혼하기에 나쁘지 않은 상대임을 확인한 걸로 충분하다. 결혼하지 않아도 충분히 행복을 누리고 있는데, 관습적으로 결혼을 떠올릴 이유는 뭘까. 어쩌면 엄마에게 그러했듯 남에게 떳떳하게 인정받고 싶은 욕구가 있는지도 모르겠다. 어찌 타인의 시선에서 완벽하게 자유로운 채로 살겠냐마는. 아직은 나에서 '너와 나'까지 확장된 지금의 동거 생활로 충분하다. 내가 나이고, 너가 너일 수 있는 '우리'이기만 하다면 문제는 없을 거다. 쩝, 다행히 입에 문 사탕은 여전히 달다.

가족 품으로,
탱탱볼의 리듬

크리스마스가 끼어 있는 주의 마지막 평일. 아니나 다를
까 지하철 기다리는 사람들 손에는 케이크가 하나씩 들려 있
다. 몇 분 전까지 사무실에 앉아 있었을 경직된 차림새인데
도 사람들은 조만간 맛볼 행복한 순간을 상상하느라 들뜬 표
정만큼은 감추지 못했다. "응, 아빠 곧 갈게" 하는 흐뭇한 통화
내용도 들려왔다. 물론 내 손에도 내 몫의 케이크가 들려 있
었다. 하얀 생크림 위에 빨간 딸기가 토핑된 전형적인 크리스
마스 케이크. 몇 주 전부터 케이크를 사 가기로 약속한 날이니
까, 반달집에서 우리가 처음 맞이하는 크리스마스니까, 케이

크를 기다리며 맛있는 음식을 준비하는 사람이 있으니까, 폭신폭신한 생크림이 포장 상자에 닿아 무너지지 않도록 팔에 힘을 잔뜩 준 채 지하철을 기다렸다.

이번 크리스마스엔 꼭 케이크 촛불을 불고 싶다고, 11월 말부터 케이크를 예약해야 한다며 호들갑을 떤 건 다름 아닌 나였다. 우리만의 특별한 서프라이즈 이벤트보다는 남들 다 하는 평범한 연례행사 같은 크리스마스를 맞이해보고 싶었다. 반달집에 오고 나서부터 자꾸만 소꿉놀이하듯 평범한 가정을 모방하려고 한다. 크리스마스야말로 그 욕구를 맘껏 펼쳐도 누가 뭐라 하지 않을 완벽한 무대가 되어줄 터였다. 성냥팔이 소녀가 맹추위에서 극적으로 생존해 어른이 됐다면 나처럼 살고 있지 않을까? 창밖에서 바라만 보던 풍경을 직접 재현하는 재미로 하루하루를 행복하게 지내는 성냥팔이 아가씨를 상상해본다.

어린 시절 우리 집은 연례행사랄 게 없었다. 철 따라 여행을 떠나기도 하고 각자 생일날 구색 갖춰 축하를 나누기도 했지만, 거기엔 의무감도 일관성도 꾸준함도 없었다. 어떻게 들릴지 모르겠지만 좋은 의미로 우리 가족은 늘 가족이 뒷전이었기 때문이다. 저녁은 반드시 가족과 함께 먹어야 한다던가, 몇 시까지는 집에 들어와야 한다는 마땅한 통금 따위도 없었다. 놀이터에서 친구들과 놀다가 분위기가 한창 고조됐을 때,

한 아이가 이젠 집에 들어갈 시간이라며 머뭇머뭇 모래를 털고 자리를 뜰 때 내가 그 아이에게 느낀 건 연민이었다. 그 아이가 집에 들어가 맞이할 가족은 분명 고약하고 메마른 표정의 못된 어른들이리라고 멋대로 상상했다. 그 알량한 연민의 배경엔 내가 언제 들어가든 너그럽고 온화한 표정을 지을 줄 아는, 말하자면 좀 더 멋진 부류에 속하는 우리 가족이 있었다.

정해진 날 정해진 절차대로 이벤트를 이행하는 것만큼 시시한 일이 또 있을까? 가훈마저 '사랑하며 살자'인 우리 집에서, 마음 내킬 때 내 방식대로 풍족하게 애정 표현하면 그만이었다. 사랑이 너무 빈번해서 굳이 날 잡고 사랑을 베풀어본 적 없는 우리 가족은, 그 덕분에 제 인생이 늘 1순위였다. 내 인생을 가꾸는 것 또한 나를 향한 사랑을 베푸는 일이었으니까. 가족이라는 이름에 권위가 부여되는 것보단 그편이 훨씬 나았다. 내 중심에 언제나 나를 두는 쿨한 분위기 덕에 책도 읽고 공부도 하고 결국 어찌어찌 대학까지 갔다고 믿는다. 그런데 언제부터였을까? 놀이터에서 아쉬움 가득한 채 모래를 털던 구속감이라고만 생각했던, 그 아이를 집으로 떠밀던 순풍은 어쩌면 따뜻함 소속감이었을지 모른다는 생각이 든 것은.

동기며 선후배며 명절이라고 고향으로 떠나 텅텅 빈 대학 도서관. 남들보다 일찌감치 시험공부 태세에 돌입한 나는 그때도 '차 막히고 사람으로 붐비는 연휴 때 꼭 가족을 봐야 하나? 시간 넉넉한 주말 아무 때나 가서 봐도 똑같은 가족인 걸'이라며 방자하게 웃었다. 외롭고 힘들 때도 마찬가지였다. 어떻게 그 괴로움에서 벗어날 힘을 기를지가 고민이었지, 가족이 마음 비빌 구석이 되어줄 수 있다고는 생각해본 적 없다. 나는 로켓이었고 가족은 내가 딛고 벗어난 발판일 뿐 돌아가 쉴 곳은 못 되었다.

간신히 취업한 후 매달 또박또박 들어오는 월급과 함께 로켓 같은 삶은 안정 궤도에 진입하게 됐다. 하루하루 기를 쓰지 않고도 하루하루가 굴러간다는 사실이 낯설고 불편했다. 광활한 우주에서 조금 외로워도 많이 뿌듯했기 때문에 괜찮았다. 달리 더 갈 곳이 없다는 점에서 목적지인 우주여야 했지만, 영영 머물고 싶지 않다는 점에서 '우주'여선 안 되는 곳. 이 무탈함과 영원한 반복의 굴레가 삶임을 당시엔 받아들이기 어려웠다. 정해진 궤도 안에서도 길을 잃을 수 있음을 그때 처음 알았다. 길을 잃은 채 나는 주변을 살피기 시작했다. 특히 편안한 얼굴을 한 사람들을 찾았다. 좀처럼 구겨지지 않는 사람들, 거침없이 쭉쭉 나아가기만 하는 사람들. 대체 저 사람들은 믿는 구석이 뭐야?

탱, 탱, 탱! 그들은 탱탱볼이었다. 삶의 리듬을 가진 사람들. 지구의 중력이 따뜻한 품 안으로 강하게 끌어안을 땐 속절없이 하강했다가 다시 또 대기권 밖으로, 까만 하늘 위로 높이

치솟아 그 높이를 즐기려는 찰나 미련 없이 낙하해버리는 탱탱볼. 그들의 중력, 그들을 땅으로 끌어당기는 힘, 그들이 믿는 구석, 놀이터 모래를 털고 일어난 아이가 이끌리듯 향하던 그곳, 집. 가족이 있는 집. 거기에 힌트가 있는 것 같았다. 반복되는 듯해도 조금씩 변화를 주며 삶 전체를 변주하는 탱탱볼의 리듬에는 삶을 좀 더 살아봄 직하게 만드는 아름다운 멜로디가 덧입혀져 있었다.

그렇구나, 내겐 저 리듬이 필요하구나. 몇 번이고 다이빙했다 다시 튀어 오를 저 탄력이 절실하구나. 하지만 로켓으로밖에 살아보지 못한 내겐 치명적인 단점이 하나 있었다. 위로 올라가는 데 쓸 연료밖에 없는 로켓에게 하강이란 곧 추락이라는 점 말이다.

땅을 향하는 것이 처음엔 두려웠다. 부서질 것 같았기 때문이다. 다행히 나는 부서지지 않고 보드라운 품 안에 안겼다. 그건 사랑하는 사람의 품이었다. 하늘의 빛나는 별들을 뒤로하고 그 품에 처박혀 영영 고철 덩어리로 남게 되더라도 행복할 것 같았다. 그리고 모든 건강한 관계가 그러하듯, 그 품 안에서 가득 채운 에너지는 나를 다시 두둥실 떠오르게 했다. 좀 가벼운 로켓이 되었다가, 바람 빠진 풍선이 되었다가, 나는 이제 제법 탱탱볼 행색을 갖춘 두리뭉실한 무언가가 되어 있다. 쉴 새 없이 돌아가 안겼던 품속 중 제일 크게 손 벌려 나를 맞이해준 것이 바로 반달집이었다. 반달집에서의 크리스마스를 완벽하게 보내기 위해 나는 또 속절없이 하강 중이었다. 행복으로의 다이빙이었다.

"우리 내년에도, 아니 매년 크리스마스엔 하얀 생크림 케이크를 먹자."

말 속에 넌지시 미래의 기약을 넣어 설쌤에게 건넸다. "그래, 좋아." 빠르고 간단한 대답에 감동이 배가 됐다. 앞으로 평생 함께하자며 노골적으로 약속한 적도 없으면서 우린 은근슬쩍 새하얀 케이크 앞에서 신성한 약속을 맺어버렸다. 그 순간 나는 조금 더 둥글어지고 탄력 있어졌다. 가족이란 뭘까.

중력보다 강한 이 소속감은 어디서 오는 걸까. 모르겠지만 난 이곳으로 정했다. 어디로 향하든 이곳으로 돌아오기로 정했다. 매년 기념하는 우리만의 약속이 더 많아지기를. 서로가 서로를 더 강하게 구속할 수 있기를. 그 반복되는 약속의 리듬에 맞춰 온 우주가 아름다운 노래를 불러줄 터였다.

3장

삐걱삐걱,
서른 시작

잔뜩 꾳발 떨어진 크리스마스 장식 사이로 새해가 쭈뼛거리며 찾아왔다. 2021년, 그렇게 서른이 됐다. 스물아홉이던 작년부터 이 순간만을 얼마나 기다려왔는지. 더 정확히 말하자면, 당황하지 않고 의연하게 서른을 맞이할 수 있기를 얼마나 바라고 준비했는지 모른다. 집도 바꾸고 같이 살던 사람도 바꾸고 심지어 직장까지 갈아치우다니, 이토록 과하게 서른을 의식하는 사람이 또 있을까.

아마 스리슬쩍 문간을 넘어오려던 새해도 내 준비 태세에 당황했을 거다. "뭐야, 요샌 서른 정도는 쿨하게 넘어가는 게 대세 아니었어?" 하면서 나의 촌티에 혀를 끌끌 찼을지도. 굳이 서른을 만 나이로 계산해서 1년 유예기간을 갖고 싶지 않았다. 한국 제도 안에서 어른으로 산 지 10년, 환갑의 절반, 강산이 세 번은 바뀌었을 시간인걸.

만약 나이 요정이 찾아와서 서른을 기념해준다면, 어떤 말을 듣고 싶을까? 축하한다? 수고했다? 모호하지만 토닥토닥을 해주길 바라지 않을까. 괜찮다고, 뭐가 됐건 늦지 않았다고, 안심하라고. 주최한 사람도 없고 나밖에 참여한 사람도 없는, 무엇보다 목적조차 불분명한 이 환상의 레이스에서 훌륭하게 한 코스를 완주했다고 누가 속 시원히 말해주면 좋으련만.

참 오랫동안 서른 살이라는 옷에 딱 맞는 몸을 가꾸려고 애썼는데, 묘한 위화감에 나는 그 옷을 벗어 던지고 싶었다. "이걸 입고 밖에 나가면 사람들이 손가락질하고 비웃을 거야." 부끄러워서 울고 싶었다. 서른을 훌쩍 넘긴 회사 선배들이 "나는 비로소 서른이 되고 나서야 편안해졌어", "경제적으로나 경력으로나 서른이 안정되고 좋지" 하던 말들이 문득 떠오르며 나를 더 괴롭혔다. 젊다면 젊고 안정적이라면 안정적인 '30'이라는 숫자의 적당함이 꼴 보기 싫었다.

난 걸음이 빠른 편이 아니다. 천성이 느린 것은 둘째 치고 어딘가 서둘러 가는 법이 없다. 애초에 서두를 일이 생기지 않게 대비하는 일에 도가 텄다. 조급할 일을 만들지 않으려고 늘

조급한 상태랄까? 그래서 넘어지고 접질리고 삐고 다치는 일과는 거리가 먼 삶이었다. 서른 전의 삶이 그랬다는 말이다.

서른이 되고 열흘이 채 지나지 않은 겨울날, 1년 계획을 세우느라 두 시간 넘게 똬리를 틀고 앉아 있었다. 짓눌린 발은 피가 통하지 않아 감각이 무뎌진 지 이미 오래. 다 된 밥을 가져가라는 설쌤의 말에 나는 헐레벌떡 자리에서 일어났고, 돌처럼 무뎌진 오른발이 그대로 바닥에 내리꽂혔고, 발등이 무릇 펼쳐져야 할 반대 방향으로 접혔다. 빠사삭! 하고 무언가 깨지는 소리와 함께 나는 바닥에 뒹굴었다. 고통에 우짖는 비명에 놀란 설쌤이 다가와 나를 살펴본 뒤 유감스러운 표정으로 말했다.

"아, 이건 100퍼센트 깁스할 각이야."

제 발등을 으스러뜨린 범인이 다른 것도 아닌 제 체중이라는 사실에 모든 잘못은 다 네 탓 아니겠냐는 조롱이 담긴 듯해 비참했다. 나는 난생처음 깁스를 하고 목발 짚는 신세가 돼 버렸다. 유난히 눈이 많이 온 겨울이라 돌아다니기가 쉽지 않았고, 결국 광고 회사가 가장 바쁜 연초에 새파란 신입사원이던 나만 팀에서 유일하게 재택근무를 했다. 모니터 뒤로 선배들이 고군분투하는 모습이 훤히 보였다. 집에 가만히 처박혀 멀뚱거리자니 죽을 맛이었다. 거실 창가 자리에 다친 다리를 뉘어놓고 일하는데, 창밖으로 눈보라 치는 게 보였다. 서른 시

작 기념으로 액땜한 셈 치자. 마음을 다잡아도 한구석에는 눈처럼 녹지도 않을 텁텁한 우울 조각이 차곡차곡 쌓여만 갔다.

"이 자식아, 서른이 뭐라고 그렇게 서두르냐?" 하며 누가 일부러 발이라도 건 것 같았다. 어처구니없이 모든 게 정지됐다. 이제 막 스퍼트를 내서 달려야 할 시기에 세상이 어떤 신호를 보낸 거라면, 내가 뭘 놓쳤던 걸까? 올해 서른 된 사람 가운데 바닥 가장 가까이 있는 사람이 나란 생각이 들자 서러워졌다. 평소에 하지 않던 짓을 하고 싶어졌다. 아빠에게 연락해 어리광을 부리고 싶었다. 발 좀 보라고, 막내딸이 다쳤다고, 밖엔 눈이 오는데 나는 헤쳐 나갈 자신이 없다고 징징거리며 마구마구 무너져 내리고 싶었다. 그러면 아빠는 그 무던한 말투로 괜찮다고 하겠지.

아빠와의 채팅 창을 켰다. 코로나가 심하니까 내년에 보자는 작년 연말에 나눈 대화가 마지막이었다. '연초부터 집에서 다리를 다쳤다고 하면……' 왠지 아빠가 반달집부터 꼬리를 물고 나가 설쌤과의 동거까지 안 좋게 보지 않을까, 걱정부터 들었다. 채팅창을 껐다. 다리가 다 낫고 눈이 그치면, 그때 이런 일이 있었다고 웃어넘기면서 이야기하기로 마음먹었다. 그게 가능한 일인 줄 알았다. 멍청하게도. 세상 멍청하게도.

아빠 대신 매년 연락하는 사주 봐주는 아저씨에게 전화를 걸었다. 누구에게라도 다리를 다친 이유를 듣지 않으면 도저히 견딜 수 없었다. 아저씨는 직업운이 어쩌고 연애운이 어쩌고 보통 사람들이 궁금해할 이야기를 잔뜩 늘어놓았다. 건성으로 들으며 질문할 기회를 엿보다가 "제가 생전 깁스 한 번 안 했는데 다리를 접질렸어요. 이건 무슨 의미일까요?"라고 물었다. 올해부터 일이 술술 잘 풀린다고 말하던 아저씨는 "아, 그건……" 하더니 입술에 침도 안 바르고 능청스럽게 설명을 이어갔다. 한 해의 시작은 음력으로 따져야 하는데, 그러면 아직 새해가 시작되지 않았으니 작년의 좋지 못한 기운이 남아서 다리를 접질렸다나. 작년에 지금이 직장을 바꾸고 타이틀을 버리는 해라고 얼추 내 행보를 맞추셨던 터라 "네, 과연 그렇군요" 하며 한시름 놓고는 상담을 마무리했다.

눈물 나게 듣고 싶던 말을 들었다. 그걸로 됐다. 올해 진짜 시작은 설이 지나고 2월부터다, 그때부터 힘차게 다시 시작하자 다짐했다. '두고봐, 부러졌다 다시 붙은 다리가 얼마나 힘이 좋은지 증명해 보이겠어.' 사주로 마음에 낀 먼지 한 겹 털어냈다고 나는 아주 청결한 사람이 된 양 씩씩해지고 힘이 났다. 억지 씩씩함도 에너지라면 에너지니까.

1월 중순 넘어, 그날도 팀에서 나 홀로 재택근무 하는 날이었다. 집이라 괜히 더 해이해 보일까 봐 집중해서 화상회의에 참여하고 텅 빈 머리를 탈탈 털어 이런저런 의견까지 내가며 용케 하루를 보내고 있었다. '어설프지만 잘하고 있어.' 퇴근 시간이 다 되어갈 때쯤 저녁밥을 먹으러 설쌤이 귀가했고 나는 회의록을 복기했다. 뜬금없이 전화벨이 울렸다. 언니였다. 앞뒤 없이 생뚱맞은 연락이라니, 이상했다. 전화를 받자 울음을 참느라 거친 숨소리와 함께 언니가 뭉개진 발음으로 하는 말이 들려왔다.

"자버야, 아빠가 돌아가셨대."

가족이 아니어도
가족

2년 전에 큰아빠가 돌아가셨다. 심장마비라고 했다. 멀쩡히 뛰던 심장이 그렇게 하루아침에 뚝 멎어버릴 수도 있음을 그때 처음 알았다. 입관식 때 본 큰아빠의 신체가 너무 튼튼하고 멀쩡해 보여서 허무하고 또 허무했다. 그리고 속으로 무서운 상상을 했다. '아빠도⋯⋯' 입을 꾹 다물었다. 너무 무서운 말이라 상상 속에서라도 존재하면 안 될 것 같았다. 하지만 나를 조롱이라도 하듯 그 무시무시한 상상은 언어보다 먼저 현실이 되어 보란 듯 눈앞에 나타났다. 아빠가 돌아가셨다. 큰아빠와 똑같은 이유로.

어떤 마음의 준비도 하지 못한 채 나는 시속 300킬로미터로 그 현실을 향해 달려갔다. 코로나 이후로 처음 가는 대구였다. 서울에서 대구까지 KTX로 1시간 50분. 아빠의 죽음을 향해 가는 길이 이렇게 빨라도 되나? 그러니까 이렇게 편하고 쉬워도 되냐는 말이었다. KTX는 염치도 없이 나와 대구 사이에 놓인 철로를 게걸스럽게 먹어 치웠다.

창가에 앉아 마스크를 눈물로 적시고 있는데 객실마다 달린 모니터에 광고 하나가 반복해서 상영됐다. "행복한 집을 만드는 가장 빠른 방법은 가족과 가까워지는 것입니다"라는 카피가 밝게 웃는 4인 가족 모델의 얼굴 위로 떠올랐다. 나는 그 모니터를 천장에서 잡아 뜯은 다음 발로 짓밟아 뭉개버리고 싶었다. 그들의 환한 미소가 울상으로 잔뜩 일그러질 때까지.

나는 아빠와의 채팅창을 열었다. 코로나가 잠잠해지면 내년엔 꼭 보자는 대화가 마지막이었다. 이번 생에서의 마지막 대화. 반달집엔 와보지도 못한 채, 설쌤 얼굴 한 번 보지 못한 채 이렇게 아빠와의 시간이 영영 끝나버렸다. 다리를 다쳤을 때 아빠에게 연락해야 했다. 아빠의 귀여운 막내가 다쳐서 아프다고, 아빠가 괜찮다고 말해줄 때까지 괜찮아지지 않을 거라고 말해야 했다. 왜 망설였을까, 왜 망설였을까. 망설이던 당시 아빠는 살아 있었다. 나에겐 기회가 있었다.

아빠와 단둘이 스페인으로 여행을 간 적이 있다. 첫날부터 소매치기로 50만 원이나 잃은 아빠는 여행 내내 꿍한 표정을 숨기지 못했다. 예쁜 풍경을 뒤로하고도 사진만 찍으면 그 우울이 여과 없이 드러나 내 마음마저 우중충해지기 직전이었다. 더는 안 되겠다 싶어서 전망 좋은 성곽을 배경으로 아빠를 세워놓고 일일이 표정을 코칭하기 시작했다. "눈도 웃으셔야죠, 입꼬리 좀 더 올려보세요, 옳지!" 찰칵! 그땐 꿈에도 몰랐다. 그렇게 어렵게 얻은 사진 한 장이 아빠의 영정 사진이 될 줄은.

사람들이 시키는 대로 여기저기 서명을 하자 아빠의 빈소가 금방 차려졌다. 어느새 상복 차림이 된 나는 다친 다리를 절뚝거리며 손수 찍은 아빠의 영정 사진 앞으로 다가갔다. 어이가 없어서 기가 찰 노릇이었다. 영정 사진 따위가 되라고 열심히 지어낸 웃음이 아니었다. 와중에 그 웃음 뒤로 조금은 쓸쓸해 보이는, 이 세상에서 오직 나만 목격한 아빠의 우울감이 보여서 마음이 무너지고 또 무너졌다.

"다른 친척들한테 알리는 게 맞겠나? 워낙 사람이 자주 죽었다 아이가……." 이곳저곳 연락을 돌리다 말고 친척 한 분이 망설이며 말을 건넸다. 피가 거꾸로 솟는 기분이란 표현이 비유가 아니었구나. 나도 안다. 2년 전에 큰아빠가 돌아가셨고 1년 전에 할머니가 돌아가셨다. 그다음 올해 우리 아빠가 돌아가시면서 3년 내내 장례를 치르는 중이었다. 사촌끼리 우스캣소리로 다음엔 상복 말고 사복 입고 만나자는 농담까지 나눴으니 말 다 했지. 그래도 그렇지, 사람이 너무 자주 죽어서 부고를 알리지 말자니 아빠의 죽음이 민폐라는 건가. 치솟는 감정을 억누르고 대답했다.

"당연히 알려야죠." 마음은 시뻘건 불에 덴 것처럼 아프고 쓰라렸지만 이를 악물었다. 아빠의 마지막 가는 길만큼은 꼭 지켜주고 싶었다. 그러나 막상 할 수 있는 거라곤 아빠 사진 앞에 앉아 자꾸자꾸 떠오르는 생각과 맞서 싸우며 눈물만 뚝뚝 흘리는 일뿐이었다. 생각이라고 에둘러 말한, 실상은 후회인 것들이 구체적인 형상을 갖추고 목 기관을 통해 소리로 새어 나오지 않도록 온 힘을 다했다.

미쳐 돌아버릴 것만 같은 그때 설쌤이 도착했다. 예의를 갖춰 아빠에게 두 번 절하는 설쌤을 가만히 바라봤다. '저게 아빠와 설쌤이 이 세상에서 나누는 첫인사구나.' 이렇게 말해도 좋을지 모르겠지만. 눈물이 그렁그렁한 눈을 똑바로 뜨고 밝은 목소리로 친척들에게 설쌤을 소개했다. 남자친구이며 이미 한집에서 같이 살고 있다는 사실까지 빼먹지 않고 다 이야기했다. 그렇게나마 설쌤에게 빈소에 함께할 수 있는 공식 자격을 부여하고 싶었다.

하지만 상주 자리에 설쌤의 자리는 없었다. 대신 설쌤은 멀찍이 떨어진 조문객 테이블에 앉아 간간이 나를 돌보며 시간을 보냈다. 설쌤에게 카드를 쥐여주며 잠시 카페 같은 데서 바람이라도 쐬고 오라고 했다. 설쌤은 자초지종도 묻지 않고 기분 상해하지도 않은 채 재빠르게 장례식장을 나섰다. 개의 치 않아 하는 설쌤의 뒷모습을 보자 가슴이 미어졌다. 다 필요 없고 지금 내게 필요한 사람은 설쌤인데 이게 무슨 상황이란 말인가. 이렇게밖에 못 하는 내 처지에 화가 났다. 남자친구라 는 호칭에도 화가 났다.

우리에겐 이름이 필요했다. 소중한 사람을 소중하게 대 하려면 이름이 필요한 때가 분명히 있다. 내 옆에 떳떳하게 앉 아 아빠의 마지막 가는 길을 함께 지킬 자격을 부여하는 이름. 이토록 가깝고 끈끈하고 숭고한 우리에게 어울리는 이름이란 무엇일까? 남편이면 되나? 겨우 남편으로 되는 건가? 나의 자 존감이나 떳떳함 따위를 팔아서라도 그 이름을 살 수 있다면 사서 가지고 싶었다.

바쁘게 식은 흘러갔고 아빠는 다음 날 하얀 뼛가루가 되 어 설쌤 앞에 실물을 드러냈다. '아빠, 부끄럽지도 않아? 초면 에 이런 모습부터 보여주면 어떡해. 순서도 경우도 다 아니잖 아.' 나는 또 어떠한가. 하얗게 쌓인 뼛조각 더미의 굴곡만 보 아도 아빠임을 알아보겠어 미칠 지경이라 짐승처럼 울부짖는 내 모습은 추하기 그지없었다. 이 그로테스크한 광경에 설쌤 이 말없이 떠난다고 해도 이해될 것 같았다.

따지고 보면 남 아닌가. 그런데도 설쌤은 묵묵히 곁을 지켰다. 안 해도 될 일을 해야 할 일처럼 수행하는 설쌤을 바라보는 동안 내 안에서 조용히 뭔가 일어나고 있음을 느꼈다. 무의식 속에 진행된 일이라 설쌤의 동의조차 구하지 않은 의식이었다. 아니, 동의는 필요 없었다. 때때로 치미는 분노조차 전소할 만큼 뜨거운 감정이 피어올랐고, 우린 자연스럽게 가족이 되어 있었다. 어떤 약속이나 증인도 필요 없는 과정이었다. 아마 앞으로 평생, 이 뜨겁고 끈끈한 마음을 붙잡고 설쌤과 함께하리란 걸 그 순간 확신했다.

아빠를 장지에 모시며 장례식이 끝났다. 아빠가 세상에서 사라졌다는 사실을 세상에 알리느라 정작 나는 아빠의 죽음을 오롯이 마주할 시간이 없었다. 결혼식도 그렇지만 한국에서의 의례와 의식이란 절대 당사자를 주인공으로 대접해주는 법이 없다. 모든 절차가 끝나고 비로소 내 삶 한가운데 떡하니 자리 잡은 아빠의 죽음을 바라봤다. 그 앞에 죄인처럼 고개를 숙이고 가만히 섰다. 소중한 존재를 소중하게 아껴줄 시간을 놓친 것도 죄라면 죄니까. 아등바등 인생을 바꾸려고 애쓰는 사이 마음을 쏟고 돌봐야 할 존재를 일찍 놓쳐버린 내 잘못이 크니까.

'저도 잘 살아보려고 그랬어요.' 나의 인위적인 발악은 무자비한 운명과 맞붙었다가 처참히 패배했다. 다리를 다친 건

경고였다. 그 자리에서 조용히 기다리라는 경고. 변화는 만드는 게 아니라 자연히 찾아오는 걸지도 모르겠다. 이제 막 1월의 마지막 주가 시작되고 있었다. 사주 아저씨 말에 의하면 나의 서른은 아직 시작하지 않은 셈이었다. 나처럼 처참한 서른의 시작이 있을까? 피식 웃음이 나왔다. 앞으로를 살아낼 자신이 없었다. 이 끔찍함을 해결하기는커녕 제대로 파악조차 못 한 채 나는 또 서울로, 반달집으로 돌아가야 했다.

꿈도 보기 싫은
반달집

아빠의 영정 사진을 보자기에 잘 싸서 반달집까지 가져왔다. 설쌤의 허락하에 당분간 거실 일부를 추모 공간으로 쓰기로 했다. 장지에서 주운 밤송이도 옆에 뒀다. 어떻게 해서든 아빠가 우리 집에 와 있다는 믿음을 품고 싶었다. 영혼이 있다면, 그게 어떤 사물에든 스며드는 성질을 가졌다면 부디 그 작은 밤송이에 깃들었기를 바라며.

이런 식으로 반달집에 아빠를 모실 줄 꿈에도 몰랐다. 영정 사진을 집 안이 한눈에 들어오는 자리에 뒀다가 문득 의구심이 생겼다. '과연 아빠 눈에 반달집이 좋아 보일까?' 조명이 과하게 밝다는 생각이 들었다. 잡다한 피규어는 어떻고. 얼룩덜룩한 액자며 그림은 또 왜 이렇게 많은 거야. 반달집의 모든 요소가 꼴 보기 싫었다. 예쁘고 아기자기한 장식을 다 떼어내서 창밖으로 집어 던지고 싶었다. 나 좋자고 해놓은 온갖 것이 수치스러웠다. 과거의 내가 아닌 새롭고 멋진 내가 되고자 애쓴 흔적이 마치 아빠에게서 멀어지려고 발악한 증거처럼 느껴져 눈을 질끈 감고 어디로든 도망가고 싶었다.

　말 그대로 멈춰버렸다. 붕대를 칭칭 감은 발 때문에 오도 가도 못하는 신세였지만, 뭣보다 생각과 마음이 한자리에 우뚝 서버렸다. 뭔가를 새로이 하고 싶지도, 과거로 돌아가 무의미한 기억을 재조합하고 싶지도 않아 가만히 누운 채 시간 대부분을 보냈다. 내가 찾아가지 않으니 생각이 제 발로 찾아와 나를 무너뜨리고 있었다. '어디서부터 잘못된 걸까. 어느 부분을 되돌리면 될까.' 후회라는 이름의 철퇴는 앞을 바라보려는 내 고개를 거듭 쳐서 뒤로 돌렸다. 잔인하게도 나는 등 뒤에 펼쳐진 지난 선택을 있는 그대로 봐야 했다. 이 끔찍한 현실을 만든 내 발자취를 바라보는 것만 한 형벌이 또 있을까. 도저히 맨정신으로 버틸 수 없었다. 거의 매일 밤 술을 마셨다. 아니면 저항 없이 눈물만 흘렸다. 마시거나 흘리거나. 하루하루 내 얼굴은 살이 쪘다는 표현 그 이상으로 흉측하게 망가졌다.

　갑자기 지하철 타기가 무서웠다. 마구 울상이 된 내 얼굴을 남이 보는 게 싫었다. 왠지 사람들이 속까지 꿰뚫어 보는 느낌이었다. 티는 안 내도 속으로는 '복에 겨워 아빠를 잃는 줄도 몰랐던 것' 하며 손가락질하는 듯했다. 잔뜩 주눅이 들어 얼굴을 들 수 없었다. 결국 출근길에 택시를 타기로 했다. 지출은 컸지만 그만한 가치가 있는 시간이었다.

출근길 항상 지나는 남산 소월길에 헐벗은 겨울 벚나무가 죽 늘어서 있었다. 그 나무들을 바라보는 행위는 내겐 치료 의식 같았다. 꼭 붙잡았던 나뭇잎을 다 떨군 채 쓸쓸하게 텅 빈 나뭇가지에 기대 쉬었다. 마음 풍족한 사람의 든든한 어깨보다 더 큰 위로였다. 상처 입은 내가 들어가 쉬기에 꼭 맞는 공간이었다. 너덜너덜한 상태로 회사는 어떻게 다닌 걸까, 사람은 어떻게 만난 걸까. 빈 나뭇가지의 힘을 받아 초인적인 힘을 짜내어 겨우 일상을 연명했다.

집에 돌아오면 어김없이 울었다. 거실에 들어서기도 전 문간에 서서, 책상에 앉아서, 샤워기 헤드 앞에서, 침대 사이에 끼여서 부끄러운 줄 모르고 반달집 곳곳에 눈물을 적셨다. 100년이나 된 집인데 뭐 어때. 별의별 꼴을 다 봤겠지. 이 정도 슬픔은 오래된 반달집에 쌓이고 쌓인 슬픔의 농도를 조금도 바꾸지 못할 거야. 옛집에 빗대어 내 슬픔을 작고 하찮은 것으로 만들고 싶었다. 하지만 자기밖에 모르는 내 몸은 이까짓 슬픔 따위도 감당 못 하고 점점 망가져만 갔다. 가슴이 아렸다.

실제로, 물리적으로 아팠다. 팔뚝만 한 가시가 등을 관통해 가슴까지 뚫고 지나간 듯 늘 아팠다. 침대에 반듯이 등을 대고 눕기도 힘들 만큼. 사랑하는 사람이 내쉬는 옅은 숨에도 가시 박힌 자리가 쓰라려서 자꾸 어둡고 외진 곳에 숨기 바빴다. 어쩌면 가장 안전한 쉼터는 아빠 곁으로 가는 것일지도 모른다는 무서운 상상까지 하면서.

내가 그리는 풍경 속엔 항상 아빠가 함께했다. 힘들었던 날을 대수롭지 않은 주제처럼 꺼내 도란도란 이야기하면서 서로를 따뜻하게 보듬을 때가 오리라 믿었다. 이제 그런 풍경은 100번 고쳐 그려도 오지 않을 터였다. 이미 지나온 과거에서 찾아도 찾지 못하는 풍경이었다. 영영 없을 풍경. '영원'이란 이렇게 무서운 거였나. 내가 살 수 있는 시간은 현재밖에 없었다. 과거도 못 가고 미래도 못 가는 사람에게 현재는 카르페디엠이 아니라 무서운 형벌임을 어떤 철학자는 일찌감치 알았을까? 그렇다면 왜 알려주지 않은 걸까? 나는 쓰라린 가슴께를 턱, 턱 치며 빌고 또 빌었다. 무엇을 빌었느냐, 그냥 살려달라고 빌었다. 이 상태로도 살아갈 방법이 있으면 제발 알려달라고 빌었다.

가지런히 놓인 아빠의 영정 사진 앞에 자리를 잡고 앉았다. 나는 숨 쉬듯 입가를 맴도는 말 한마디를 처음으로 육성에 실어 밖으로 뱉었다. "있을 때 잘할걸." 가슴이 아려오더니 이미 벌겋게 부어 화끈거리는 눈가에 쓰고 뜨거운 눈물이 번졌다. "있을 때 잘할걸." 몇 번 더 내뱉었다. 되풀이할수록 말이 더 예리해졌다. "있을 때 잘할걸." 얼마나 흔한 말인지. 남이 얘기할 땐 실바람처럼 귓등을 스치고 지나가도 내 입에서 나올 땐 오장육부를 찢으며 나오는 말. 그 예리한 말로 내 마음속을 난도질했다. 마땅히 그래야 할 것처럼 담담하게 찢어지기로 했다. 하지만 가시 박힌 자리는 헐거워지기는커녕 더 단단히 내 살과 결합했다. '아, 앞으로 가시와 함께 살아야 하는구나. 괴물처럼 흉하게. 남이 볼까 부끄러워하며.' 살려달라고 빌었는데, 이 방법밖에는 살아갈 방법이 없음을 서서히 깨달았다.

2월, 3월이 지나더니 제기랄, 봄이 오고 있었다. 세상 곳곳이 꿈틀대고 몸부림치고 돌아나서 봄 오는 신호를 보냈다. '감히 새로이 태어나려고 하다니.' 나는 시샘과 박탈감에 이가 바득바득 갈렸다. 세상에 염치란 게 있으면 봄이 오면 안 되잖아. 세상에나, 시간이 흐르다니 감히. 새싹은 흙바닥 속으로 도로 머리를 처박고 꽃봉오리는 깊은 어둠으로 말려들어야 마땅했다. '무엇을 믿어야 하나. 무엇을 원해야 하나. 봄은 오고 있는데.' 반복할 줄밖에 모르는 징그럽도록 무심한 세상이 무서워 더욱더 꼼짝할 수가 없었다. 빼꼼 내다보이는 창가로도 보였다. 반달집 마당에도 봄이 찾아오고 말았다.

절규의 응답이
꽃으로 피었나

4월, 슬픔이 과한 계절에도 꽃은 핀다. 뭇사랑을 받는 길가 벚꽃은 그렇다 쳐도 반달집 마당만큼은 봄기운이 침입하지 않길 바랐다. 하지만 담벼락 너울거리는 개나리부터 해서 정원에는 보라색 제비꽃, 찐 자줏빛 철쭉, 이름 모를 하얗고 뽀얀 꽃이 올라오기 시작했다. 갸우뚱, 아빠라는 거대한 생태계가 사라졌는데 봄이 성립하다니. 외면해도 피할 수 없는 봄 정원을 오류 난 수식값처럼 흘겨보았다. 정작 단단히 틀려먹은 건 내 마음이었지만.

보기 괴롭다 하여 꽃의 아름다움이 덜한 건 아니었다.

2층 우리 집에서 내려와 대문으로 가는 모퉁이를 돌면 맨 먼저 붉은 양귀비가 눈에 띄었다. 색부터 참 고운 데다 꽃봉오리가 무거운지 가느다란 줄기가 앞뒤로 느직느직 고개를 젓는 움직임까지 우아하고 예뻐서 시선을 거두기 어려웠다. 거실 창문에서 보면 초록 가득한 정원 곳곳에 점 찍힌 빨간 양귀비 덕에 마당 전체가 때때옷을 입은 듯 귀여웠다. 지난겨울, 양귀비 필 자리 봐가며 땅이 얼지 않도록 애지중지 관리한 주인 할머니의 작품이라 가히 부름 직한 결과물이었다.

양귀비 때문에 마음이 괴로웠다. 뻔히 아름다운 것을 두고도 마음 괴로울 때, 사람은 괴물이 된다. 평범한 사람을 해치는 존재만 괴물이 아니라 그 반대도 괴물이다. 나는 "아름답다", "행복하다" 하는 사람들의 흔한 감상에도 마음에 해를 입었다. 괴물은 외로운 존재다. 양귀비가 붉어도 너무 붉어서 그럴까. 4월의 괴물은 2월의 괴물보다, 3월의 괴물보다 조금 더 많이 괴로웠다.

어느새 절정에 다다른 봄은 마당을 꽃으로 가득 채워버렸다. 벌을 꾀어내는 색이라 그런지, 형형색색 정원 앞에 서면 척박한 내 마음에도 무언가 꿈틀꿈틀 움텄다. 정원을 바라보다 그것이 더 활기차게 불쑥 솟아오를 때면 고개를 홱 돌리고 가던 길을 재촉했다. 하지만 점점 자라나 활짝 피었을 때, 너무나 선명하게 인지되는 그것의 정체를 더 이상 모른 체 할 수 없었다. 수치스럽게도 그건 살고 싶은 마음이었다. 게다가 아주 잘 살고 싶은 마음. 꽃은 자꾸만 나를 살고 싶게 했다. '너만 꽃이냐? 나도 꽃이다.' 따뜻한 봄이 다 지나가 버릴까 봐 아까워할 적마다 부끄러움에 얼굴이 화끈거렸다. 자격도 없는 주제에 감히 행복을 꿈꾸다니.

어쩌면 지난겨울 제발 살려달라던 절규의 응답이 꽃으로 피어난 걸까? 아니, 아니다. 꽃은 그냥 씨앗부터 약속된 생의 의무를 다할 뿐이었다. 피워야 할 때와 져야 할 때를 아는 꽃의 의무감은 매우 순수해서 그 과정 속에 어떤 함의를 가졌다고 차마 짐작조차 할 수 없었다. 그런데도 나는 꽃이 하는 말을 읽었다. "뿌리에 달려드는 벌은 없다." 있을 때 잘하지 못했다면 지금 있는 것에 잘하라. 잘하기에 늦었다면 아직 늦지 않은 것에 잘하라. 마음은 어느새 지워내야 할 것과 피워내야 할 것을 가늠하고 있었다. 이럴 줄 알고 지난겨울 진작부터 꽃이 필 날을 두려워했나 보다.

여전히 욱신거리는 마음이었지만 눈물은 줄었다. 울 만큼 울었으니 당연한 일일지도 모르겠다. 엉엉 흘려보낸 눈물과 함께 어느새 가슴에 박힌 가시도 빠지고 없었다. 대신 뻥 뚫린 구멍만 휑하니 남았다. 구멍을 통해 온갖 슬픔과 괴로움이 다 터져 나왔다. 덕분에 마음에 무언가 고여 썩지는 않을 것 같았다.

그 구멍은 예사 구멍이 아니었다. 전에 보이지 않던 것이 보이기 시작했다. 세상에 아픔과 슬픔이 그토록 많은지 전에는 몰랐다. 길 가다 마주친 일면식도 없는 외국 병사 묘비 앞에서도 눈물을 흘렸다. 한 사람이 세상에 있다가 황망히 사라지는 일이 너무 생생하게 느껴져 눈물이 났다. 가슴에 난 구멍은 다름 아닌 나의 또 다른 눈이었다. 그 구멍을 통해 보는 세상은 두 배로, 세 배로 아프고 슬픈 곳이었다. 이 위태위태한 세상에 다들 아무렇지도 않게 살아가고 있구나. 무지의 평온

함을 되찾고 싶어도 한번 눈뜬 세상에서 벗어나는 일은 불가능했다.

짧은 시간 동안 많은 괴로움과 슬픔이 지나갔다. 그걸 겪었다고 표현하기엔 나는 단 한 번도 내 감정의 주체가 된 적이 없었다. 수없이 데고 베이고 찔려도 나는 여전히 나였다. 슬퍼도 꽃이 피는 것처럼. 밑바닥을 기어 다니면서도 딛고 설 구석을 손 더듬어 찾는다. 가증스러워도 어쩌겠어! 더럽게 씩씩하고 꿋꿋한 게 나라는 사람인걸. 부끄러워 화끈거리는 얼굴을 하고도 조금 안도했다. 괴로워도 여전히 나인 채로 괴로워할 수 있어서 다행이었다.

쑥쑥 자라는 아이가 성장통을 겪듯이 무에 가까워져 가는 어른은 상실통을 겪으며 자란다. 유한한 인간의 생이라는 틀 안에서, 많든 적든 이르든 늦든 누구나 소중한 것을 필연적으로 잃게 된다. 배움의 대가로 너무 큰 것을 치른 감이 없잖아 있지만, 확실히 지금 나는 전보다 조금 더 건조하고 단단해졌다.

끊임없이 속으로만 향하던 고개를 돌려 가까스로 밖을 보니 세상에나, 도처에 사랑이 가득했다. 나 하나 일으켜주려고 뻗은 수많은 손길이 그제야 보였다. 그 감사한 위로와 사랑을 다 어쩔 거야. 마음이 고목 뿌리만큼 길어봐야 뭐하나. 사람들은 밖을 향해 고개 내민 것에만 겨우 눈길을 줄까 말까 하

는걸. 기운이 나는 대로 소중한 사람들에게 당신이 얼마나 소
중한지 알리겠다고 마음먹었다. 그래, 언젠가 마음에 담아둔
말 한마디 없이 텅텅 빈 채로 이 세상을 떠날 수 있다면 더 이
상 바랄 게 뭐가 있을까. 더 이상 꽃을 봐도 괴롭지 않았다. 뿌
리에 달려드는 벌은 없다. 적어도 꽃이 되자. 사랑을 꽃으로
피워내자. 봄이다.

동거의
낯 뜨거운 본질

"이런 질문 해도 되는지 모르겠는데……."

회사 점심시간, 직장 동료 한 분이 조심스럽게 운을 뗐다.

"남자친구분이랑 침실도 같이 쓰는 거예요?"

나는 웃음을 빵 터트리며 대답했다.

"네, 당연하죠. 저희 각방 쓸 만큼 여유롭지 않아요!"

　회사에서도 나의 동거 라이프는 공공연하게 알려진 사실
이다. 긁어 부스럼인 일임을 알지만 도저히 동거 사실을 오픈
하지 않고는 나의 언행에 일관성을 유지할 수 없어 자의 반 타
의 반으로 공개 동거(?)를 하게 됐다. 그 사실을 처음 접한 사

람들의 흔들리는 동공 속에서 나는 망설임을 읽는다. 수많은 질문이 떠오르지만, 수위를 조절하느라 차마 입을 떼지 못하는 복잡한 머릿속이 훤히 보인달까. 불발된 질문은 분명 직장 동료가 건넨 질문과 같은 부류였겠지. 대한민국에서 결혼 안 한 남녀의 동거란 매일 밤 한 이불 덮고 자는 삶 정도로 일축되고 마는 것이 현실이니까, 이해한다.

"부모님도 아시나?", "나중에 헤어지면 흠 아니야?", "여자 쪽은 손해 아닌가?" 하는 질문엔 한국 동거가 풍기는 특유의 '문란함'이 기저에 깔려 있다. 단지 남자친구와 동거한다는 사실을 밝혔을 뿐인데 "피임은 어떻게 해?", "성관계에 이상 전선은 없어?"라는 선 넘는 질문을 던지는 사람들을 보면서 '동거하는 사람=성적으로 오픈된 사람'이라는 선입견이 만연하다는 사실을 실감한다. 혼전 성관계를 쉬쉬하는 사회 분위기도 있거니와 마음 놓고 관계 맺을 장소도 부족한 탓에 둘만 있을 공간에 가면 '섹스를 해야 한다'라는 강박을 학습한 한국 커플의 슬픈 현실을 고스란히 반영한 현상 아닐까. 그래서 연인끼리 낮이고 밤이고 무기한 함께할 수 있는 동거는 자유로운 성생활을 보장해주는 터전처럼 여겨진다. 이제는 섹슈얼한 프레임에서 벗어나고픈 비혼 동거인으로서 자꾸만 침실로 집중되는 동거 무경험자들의 시선을 다른 곳으로 분산시킬 의무감을 느낀다.

사랑하는 연인이 적나라하게 보여줄 수 있는 끝은 알몸이 아니다. 다른 이와 같이 살다 보면 내 살갗 아래, 까도 까도 새롭게 발견되는 수백 겹 내면이 존재함을 알게 된다. 상대방이 보면 깜짝 놀라 도망가지 않을까 싶은 모습들, 때론 악취가 나고 꼴사나우며 지질하고 엽기적이기까지 하다. 혼자 살면 남몰래 흘려보내고 싶은 것을 마음껏 흘려보낼 수 있다는 장점이 있다. 둘이 같이 살면 딱 그 반대다. 감추고 싶은 면도 결국엔 들키기 마련이니까. 그 적나라한 모습은 하수구 밑바닥에서, 변기 뒤 구석에서, 안방 모서리에서 발견되곤 한다. 그러니 동거의 낯 뜨거운 본질은 침실보다는 부엌과 화장실 그리고 예상치 못한 음침한 어떤 구석에 존재한다고 해야 맞는 말이다.

뿡, 뿡! 빵, 빵!

그나마 방귀는 귀엽다. 설쌤과 나는 언제 텄는지 기억나지 않을 정도로 자연스럽게 방귀를 텄다. 처음엔 부끄러웠는데 이젠 소리만큼 방귀를 대하는 태도도 뻔뻔하다. 올라가고 내려가고 재밌는 음가가 있는 방귀 소리가 들려오면 상대방은 으레 응답한다. "혹시 나 불렀어요? 오늘 목소리가 곱네요." 이 세상에 사랑스러운 방귀 소리가 하나쯤 존재한다는 사실이 나를 행복하게 한다. 어디 가서 절대 자랑할 수 없는 특권 아닌 특권이랄까. 서로에게 잘 보이고 싶어서 생리 현상을 참

아가며 노력하는 모습도 예쁘지만, 내가 너를 이만큼이나 지독하게 사랑하고 있구나를 확인하는 지금의 모습도 예쁘다.

정말 곤란한 건 내가 어딘가 흘려놓은 부산물이 내 눈엔 보이지 않는 경우다. 배수구에 남은 음식물 찌꺼기나 하수구에 뭉친 머리카락, 방문 아래 깔린 양말 따위. 귀엽기보다는 엽기적인 장면이다. 지난 세월 동안 제대로 여물지 못한 부족한 생활력이 밑천을 드러내는 순간 흠을 보는 사람은 항상 더 깔끔한 쪽이다. 언제나 설쌤이 나의 흠을 발견한다는 뜻이다. 이따가 치워야지 했던 머리카락 뭉치가 깨끗이 사라졌을 때, 내일 해야지 했던 설거지가 다 되어 있을 때, 한꺼번에 정리해야지 했던 옷들이 가지런히 걸려 있을 때. 그럴 때마다 간담이 서늘해진다. 뭐라고 지적할까 말까 고민하다가 평화를 유지하기 위해 코를 꽉 틀어막고 '그냥 내가 해버리고 말지' 하며 부산물을 정리했을 설쌤 얼굴을 떠올리면 그저 낯부끄럽고 미안해서 몸 둘 바를 모르겠다.

동시에 조금 억울함도 솟는다. 나도 예전에는 나름 쾌적함을 담당하던 책임자였는데, 더 깔끔한 사람을 만나 '상대적으로' 지저분한 포지션이 된 셈이기 때문이다. 그렇게 피곤과 당혹이 촘촘하게 교차하며 팽팽한 어색 기류를 형성한다. 그 기류는 연애 세포 박멸 구역이자 진실의 방이다. '저 사람이 내가 알던, 사귀던, 사랑하던 그 사람이 맞나? 맞다면 나는 저 사람의 어떤 면까지 포용할 수 있는가?' 혹은 '사랑하는 사람을 위해 나는 어디까지 바뀔 수 있는가?' 하는 엄중한 질문에 답을 해야 그곳을 비로소 벗어날 수 있다.

정말, 정말 끝까지 보여주고 싶지 않은 딱 한 가지 부산물을 꼽자면, 바로 눈물이다. 나는 가끔 바위에 붙은 따개비처럼 베개에 얼굴을 처박고 운다. 눈물이 베개를 뚫고 그 아래 침대보까지 적실 정도로 마구 눈물이 날 때가 있다. 눈물을 흘리는 나는 나약하고 불안하고 무기력한 존재다. 설쌤에게 우는 모습만큼은 절대 들키고 싶지 않았던 이유는 자신도 사랑하지 못하는 나약하고 불안하고 무기력한 모습을 차마 타인에게 포용해달라 요구할 수 없어서다. 문제는 극도의 불안한 상태가 설쌤이 없을 때만 딱 골라서 찾아왔다가 깔끔하게 떠나가지 않는다는 점이다. 짠내 나는 눈물 혹은 눈물 자국 또한 언젠가 들키고 만다. 동거를 하면서 언제나 밝고 당당하고 빛나는 존재인 척하는 건 불가능한 일이다.

어느 하루, 나는 따개비처럼 침대에 붙어 베개에 짠내를 더하는 참이었다. 그때 마침 귀가한 설쌤이 밝은 목소리로 "저 왔어요" 하고 인사했다. 미처 눈물을 수습할 새가 없던 나는 대답도 않고 그대로 침대에 붙어 있었다. 답이 돌아오지 않자 이상하게 여긴 설쌤은 침대 모서리에 박힌 나를 쩍 하고 떼어 냈다. 눈물 콧물 범벅으로 축축하고 끈적하게 엉겨 붙은 얼굴이 고스란히 드러났다. 설쌤은 3초 정도 가만히 내 얼굴을 보다가 나를 침대에 다시 엎어놓았다. 그리고 살며시 방문을 닫고 나갔다. 한참이 지나 겨우 진정된 내가 알아서 방에서 기어 나올 때까지 설쌤은 방에 들어오지 않았다. 물론 눈물에 대해

서도 묻지 않았다. 내 속에서 조용히 치유의 시간을 거쳐 천천히 떠오를 때까지 설쌤은 조용히 함구했다.

본 것을 못 본 척해주는 것. 다가올 때까지 기다려주는 것. 어쩌면 같이 살기 때문에 더 파고들 법한 영역마저 매너 있게 선을 지켜주는 것. 그래서 상대방이 흘려보내고 싶은 부산물을 그냥 흘려보내게끔 배려해주는 것. 동거에서 가장 필요한 덕목이 아닐까.

동거 커플을 보며 "와, 거기까지 오픈했어요?" 하고 놀랄 구석은 침실 말고도 많다. 현실은 상상 이상으로 과격하고 동거는 그 현실을 여지 없이 비춰주는 거울이다. 아무리 오래 사귀었어도 모를 부분이 같이 사는 순간 속속들이 드러난다. 때론 놀랍고 때론 역겹기도 하지만 어떻게든 적응하고 타협하자는 마음이 있는 한 모든 새로운 발견은 결국 즐거움으로 끝난다.

알몸, 그 아래 민낯, 더욱더 아래 밑바닥, 밑바닥에 고인 구린 웅덩이까지 보게 되는 게 동거다. 동거 커플이 거주하는 공간이 실은 한 사람이라는 우주를 가장 적극적으로 탐험할 수 있는 거대한 배움터임을 안다면, 그 공간을 한낱 자유로운 성생활 장소라고만 생각하기 어렵다. 하여 "혹시 침실도 같이 써요?"라는 직장 동료의 질문이 전혀 밉지 않다. 얼마든지 동거 생활의 진면모를 이야기해줄 수 있다. 더해 얼마나 큰 노력과 책임감을 쏟아붓는지도.

검정 재킷과
몽둥이를 든 손

"부모님이 언제 한번 자버랑 같이 식사하고 싶다는데?"

피할 수만 있다면 최대한 피하고 싶던 일이 결국 닥쳐왔다. 설쌤과 같이 산 지도 9개월이 훌쩍 넘어가던 시점, 딱히 식을 올리지도 약혼을 한 것도 아닌 사이지만 우리가 또 마냥 캐주얼한 관계도 아니지 않은가. 진작 설쌤 부모님을 찾아뵙고 인사를 드렸어야 했다는 생각에 뜨끔했다. 아니면 그저 숙제를 미루고 미루다 들킨 멋쩍음이었을까. 이런 일 정도는 알아서 척척 진행하는 붙임성과 넉살이 있었으면 좋았을 텐데. 나이가 들면 좀 나아지지 않을까 하는 바람과 달리 30대가 된 지금도 낯선 어른과의 자리는 상상만으로도 입안이 바짝바짝 마르고 머리가 어질어질하다. 모자라고 모자란 나란 인간아…….

"그래, 식당은 내가 예약할게!"

말은 흔쾌히 해놓고 마음에 자리 잡은 부담감에 못 이겨 그날 퇴근길에 곧장 강남역으로 향했다. 내가 아는 선에서 가장 단정하고 점잖은 옷을 파는 곳, 지오다노에 가기 위해서였다. 지오다노는 유난스러운 엄마가 말 잘 듣고 무신경한 아이에게 열심히 입히는 옷처럼 생겼다. 지금 내겐 그 피상적인 단정함이 간절했다. 어깨에 단단한 패드가 들어 있어 카라부터 전체적인 윤곽이 바르게 잡힌 검은색 반소매 재킷을 골랐다. 재킷은 내 흐물흐물한 내면을 단단하게 여며 감추기에 제격이었다. 체계 없이 마구잡이로 자란 내 뿌리를 꾸역꾸역 옷 안에 욱여넣었다. 탈의실 거울에 비친 모습이 제법 마음에 들었다.

약속 당일, 하필 비가 내려 단단히 세팅한 머리와 함께 마음마저 흐트러졌다. 몇 달 동안 눈물로 빚은 울상이 덕지덕지 남아 얼굴은 또 왜 그리 못나 보이는지. 레스토랑 입구에서 빳빳한 재킷 옷깃을 만지며 초조한 마음을 가라앉히려 애쓰는데, 문이 열리며 설쌤 부모님이 들어오셨다. 두 분은 성큼 우리 앞으로 다가와 손을 내미셨다. 어머님은 "어유, 사진으로 본 것보다 예쁘시네" 하며 말을 거셨고 아버님은 옆에서 허허

웃으셨다. 한눈에 설쌤의 동글동글하고 다정한 인상은 아버님을 쏙 빼닮았고 호쾌하고 뒤끝 없는 성격은 어머님에게서 왔음을 알았다. 나는 인사하며 "죄송해요, 진작 찾아뵀어야 하는데……"라고 말을 흐렸다. 정말이지 죄송스러운 마음이었다. 풀버전으로 말하자면 "하필 저여서 송구합니다"랄까.

갓 스무 살 됐을 때 일이다. 첫 연애도 아직 개시 못 한 어수룩한 애들끼리 모여 카페에서 수다를 떠는데, 한 친구가 입을 뗐다. "연애 상대의 진면목은 그 사람이 자란 가정환경을 보면 알 수 있대." 다정하고 사려 깊은 친구였다. 무리 중에 연애 경력이 꽤 있는 유일한 아이였으니 아마 친구들이 좋은 사람 만나기를 바라며 건넨 따뜻한 조언이었을 게다. "그렇구나" 하며 고개를 끄덕이는 친구들과 달리 나는 차가운 돌처럼 굳어버렸다. 사람의 진면목을 판단하는 잣대. 그 잣대가 옳냐 그르냐를 떠나, 난 그 잣대를 쥐고 흔드는 쪽이 아니라 휘둘리는 쪽임을 직감했다. 차가운 돌은 아무렇지 않은 척해도 사실 속으로 덜덜 떨었다. 친구 말이 진짜일까 봐서? 아니, 조금이라도 밉보이는 행동을 하면 진실 여부와 상관없이 그 잣대는 휘두르기 좋은 몽둥이가 된다는 사실을 알았기 때문이다.

　몽둥이로 맞으면 아프다, 당연하게도. 나는 아프고 싶지 않다, 항상. 하지만 이미 몽둥이를 들고 선 사람 앞에서 내가 한 짓이 맞을 짓인지 아닌지 명분을 따질 여유는 없다, 늘 그렇듯이. 때릴 빌미를 주지 않는 것. 몽둥이를 쥐여주지 않는 것. 그게 내가 선택한 생존법이었다. 무언가를 감추고 피하더라도. 그 무언가가 진짜 마음이라든가 자존감일지라도.

　첫 번째 음식이 나오자 아버님께서는 두 손을 모으고 조용히 소리 내어 기도를 읊기 시작하셨다. 오늘 나와의 만남을 축복하는 동시에 나와 설쌤의 앞날에 행복이 가득하길 바라는 내용이었다. '식사 때마다 늘 하는 기도겠지. 설쌤네 가족에게는 일상적인 일이겠지'라고 되뇌며 눈물이 핑 돌 것 같은 마음을 진정시키려 했지만 불가능했다. 그 기도에는 듣는 사람으로 하여금 따뜻한 진심에 포근히 안기는 느낌을 주는 고운 리듬이 있었다. 나를 위해 포개질 두 손이 이 세상에 존재한다는 사실 덕분에 마음이 풍요로워졌다. 어쩌면, 어쩌면 이 테이블에 둘러앉은 모두가 가족이라는 이름으로 엮일 날이 오지 않을까. 가슴 찌르르한 상상을 하며 기도를 마쳤다. 다행히 요리는 무척 맛이 좋았다.

우리 집은 모든 게 부족했지만, 사랑만은 넘쳐났다. 아니면 사랑밖에 주고받을 게 없는 집이었다는 말이 더 정확한 설명이려나. 덕분에 나와 내 삶을 사랑하며 자랐다. 그만큼 다른 사람도 나를 좋아해주길 바라는 마음은 자연스러운 욕망이었다. 다만 좋은 사람이 되는 건 별다른 일이다. 남에게 좋은 사람으로 비치는 일은 더욱더 다른 차원의 이야기고. 심리학을 전공하던 대학 시절, 프로이트를 전공하는 한 교수님께서 자기 결점은 자기 눈으로 볼 수 있는 게 아니라고 하셨다. 결점이란 무의식 속 패턴과 같아서 다른 누군가에 의해 발견될 뿐이라고 했다. 그 이후 내게도 결점이 있으리란 확신에 가까운 짐작을 갖게 됐다.

빛나는 것에 견주면 나는 어두웠다. 단단한 것에 비하면 유약했고 매끈한 것과 대보면 굴곡으로 엉망진창이었다. 말하자면 나는 하자 있는 상품이었다. 판매하기 전 "이런이런 하자가 있는데 그래도 구매하시겠어요?" 하고 구매자에게 동의를 얻어야 하는 상품. 그럼 팔려 가는 일이 없게 하자는 허황한 목표를 가져보기도 했다. "사연 있는 애들보다 잘사는 애들이 삐딱하지도 않고 일도 잘하더라니까"라는 상사의 말 한마디에 혹시 나를 염두에 둔 말인가? 밤잠 설쳐가며 괴로워하는 자신을 보며 예쁜 상품이 되길 포기하고 매대에서 내려오는 일이 얼마나 주제넘은 환상인지 깨닫고 말았지만. 예쁜 포장 지랍시고 고른 검정 재킷이 실은 뒤가 뻥 뚫린 흉한 옷이 아니었을까, 끝까지 자신의 맹점을 의심하고 또 의심하는 나였다.

어느새 준비된 코스 요리가 모두 나오고 자리는 마무리에 접어들었다. 예상대로 설쌤네는 화사한 빛이 드는 가족이었다. 서로가 단단했고 이대로만 간다면 앞으로도 평탄할 것 같은 건강한 모습이었다. 헤어지기 전 어머님과 아버님께서 다음에는 집으로 놀러 오라고 하셨다. 우린 꼭 그러겠다고 대답했다. 집으로 돌아오는 길이 해외여행을 마치고 일상으로 돌아오는 길 같았다. 아주 잠깐 꿈을 꾸었구나. 아무래도 아직 먼일이라는 생각이 들었다. 누군가와 가족이 되는 일. 사람이 사람을 알아가는 데에 정말 많은 시간과 정말 많은 공이 들어간다. 내 삶에 설쌤 하나를 끌어들이는 데도 너무너무 큰 힘이 필요했고 운명에 가까운 큰 사건을 겪어내야 했다. 누가 뭐래도 나는 이 세상에서 내가 가장 소중하다. 아직은 나를 지키고 싶었다.

집에 돌아오자 식사 내내 잔뜩 긴장하고 있었음을 실감했다. 힘을 풀자 손에서 툭 하고 무언가 떨어졌다. 그건 바로 몽둥이. 온몸이 욱신욱신 쑤셔왔다. 터무니없는 잣대를 몽둥이처럼 휘두르며 나를 아프게 하는 사람, 다름 아닌 나 자신이다. 따뜻한 손길이 성찬 차려진 테이블로 나를 이끌어도 고개를 절레절레 젓고 싶었다. 그 테이블 앞보다 편한 자리가 있다고, 상품을 진열하는 매대가 내 자리라고 주장하고 싶었다. 몇 겹의 손이 포개져야 제 발로 테이블 앞까지 다가갈까? 이미 정답은 나와 있다. 딱 한 겹이면 된다. 손에 쥔 몽둥이를 내려놓고 내가 나를 위해 두 손을 포개어 기도할 때, 용기 내서 성찬에 숟가락을 얹을 수 있으리라. 확실한 건, 아직은 어렵다는 사실이다. 검정 재킷에 묻은 빗물을 털어내고 예쁘게 각을 잡아 옷걸이에 걸어둔다. 앞으로 종종 입을 일이 생길 테니까.

옆집 된장찌개 냄새가
슬퍼라

된장찌개의 평범함을 눈치챈 건 초등학교에 들어가 급식을 먹으면서부터다. 애들이 된장찌개 앞에서 코를 막고 먹기 싫어하는 모습에 내색은 못 했어도 속으로 어리둥절했던 기억이 난다. 그 귀한 음식을! 나도 짐짓 '자주 먹어서 질리네' 하는 표정으로 태연하게 된장찌개를 먹었는데, 된장찌개를 밭게 퍼먹는 숟가락질에 반가움이 다 드러났을 게다. 우리 집 밥상엔 된장찌개가 자주 올라오지 않았다. 엄마가 끓이는 솜씨가 없어서 그랬던 걸까? 아니면 곰국이나 카레보다 효율이 떨어지는 찌개류라 꺼렸던 걸까? 가끔 고깃집에서 곁들여 나온 된장찌개를 한 술, 두 술 떠먹으면 어찌나 감질나고 맛있던지. 워낙 드물게 먹다 보니 된장찌개는 정말이지 귀하고 귀한 음식인 줄 알았다.

그 시절 나는 늘 느지막이 하교했다. 맞벌이하는 여느 집이 그렇듯 일찍 기어들어 가봤자 반길 사람이 없었기 때문이다. 도서관 책을 붙잡든 운동장에서 친구 가랑이를 붙잡든 최대한 늦게까지 시간을 때우다 집에 들어갔다. 저녁 식사가 한창일 때 골목길을 지나가다 보면, 하필 그때 집마다 담을 넘어 찌개 냄새가 풍겨오곤 했다. 따뜻하고 노란 남의 집 조명 빛깔은 고개를 돌려 피하면 그만이었지만, 적극적으로 코를 찾아 파고드는 밥 짓는 냄새는 피할 도리가 없었다.

무엇보다 된장찌개 냄새가 유난했다. 쪼르륵쪼르륵, 자꾸만 쪼그라드는 건 주린 위장뿐만이 아니었다. 그 구릿한 된장찌개 냄새는 허기진 빈속보다 깜깜하게 비어 있을 우리 집을 연상시켜 나를 자극했다. 그 서러운 냄새가 나의 세포까지 침투해 평생 씻기지 않는 생채기로 남게 되리란 걸 예감하며 골목길을 걸었다. 세상에서 가장 슬픈 냄새는 남의 집 담 넘어 풍겨오는 된장찌개 냄새임을 아는 사람이 또 있을까. 아직도 가끔 나 먹으라고 차린 게 아닌 된장찌개 냄새를 맡으면 속이 주려오고 코끝이 찡하다.

어른이 되어서 몇 번인가 된장찌개를 끓여보려고 시도해

봤다. 하지만 매번 실패로 끝났다. 우습지만 내가 끓인 된장찌개에선 똥 냄새가 났다. 농담이 아니라 정말로 그렇다. 그래서 나는 된장찌개는 레시피로 끓이는 음식이 아니라고 믿게 됐다. 된장찌개는 먹어본 기억으로 끓이는 것이라고, 누군가 정성스레 챙겨준 오래된 장맛으로 끓이는 것이라고 이해하게 됐다. 물건이든 재능이든 내 것이 아니라고 생각되면 큰 욕심을 부리지 않는다. 내 태생적인 장점이라면 장점인지라 된장찌개를 끓여보려던 의욕 또한 쉽게 사라졌다. 더불어 요리를 해야겠다는 마음마저 깡그리 사라진 건 흠이라면 흠이랄까? 그래도 괜찮았다. 내가 가진 다른 것을 꼭 붙잡고 아껴줄 시간만 해도 부족했으니까. 그림도 그리고 글도 쓰고 사랑도 하고, 다행히 내 곁엔 즐겁고 소중한 것이 많았다.

얼마 전 야근을 하고 늦은 귀갓길에 생경한 풍경을 목격하곤 우두커니 섰다. 반달집 대문을 세 걸음 정도 남겨놓은 거리였다. 어릴 때 담 넘어 쳐다보던 노랗고 따뜻한 조명이 이층집 창문으로부터 은은히 빛나는 풍경이었다. 사람이 데워놓은 따뜻한 온기가 뿜어져 나오는 곳. 다른 누구도 아닌 나를 기다리는 사람이 있는 곳. 바로 우리 집이었다. 감히 저 따뜻함을 누려도 되는 걸까. 한 번도 내 것이라고 생각한 적 없는 과분한 풍경 앞에서 나는 주춤거렸다. 왠지 저 풍경에 뛰어들면 누군가 버럭 화를 내며 나무라고 내쫓을 것 같아 뒤돌아 달

아나고 싶은 충동을 느꼈다. 나도 평범할 수 있는 걸까. 저기에 내 둥지를 틀어도 되는 걸까. 감상에 젖은 것도 잠시 그 행복한 풍경에 홀딱 젖고 싶어져서 냉큼 문을 따고 집으로 들어갔다.

온종일 집에서 일을 한 듯 부스스한 행색의 설쌤이 나를 맞이해주었다. 달아날 것 같은 행복을 꽉 붙잡는 심정으로 설쌤을 끌어안았다. 영문 모른 채 약간 당황해하는 설쌤의 반응이 좋았다. 이 모든 걸 꽉 붙잡고 버틸 수 있게 더 단단한 사람이 되고 싶다고 생각했다. 아무도 내 것을 빼앗지 못하게, 누군가 침범해오면 버럭 호통칠 수 있게, 무엇보다 사랑하는 사람이 돌아와 쉴 수 있는 곳이 될 수 있게. 그렇게 맘속으로 상상만 해도 세포에 새겨진 누린 된장 냄새가 싹 씻겨나가는 듯했다. 기회가 되면 다시 한번 된장찌개를 끓여봐야겠다. 어쩌면 나도 된장찌개를 끓이며 사는 삶을 누릴 수 있을지 모르니 말이다.

갈월동,
함께 걸을래요?

반달집 창문 앞에 서면 앞집 옥상에 널린 빨래부터 해방촌 언덕 꼭대기에 있는 교회 장식등까지 훤히 다 보인다. 날씨 좋은 날엔 남산을 이루는 싱싱한 나무 한 그루 한 그루가 눈에 다 담길 정도다. 우뚝 선 남산타워가 "이리 와라, 얼른 와봐라" 하고 유혹하는 것만 같다. 그렇게 창밖을 보고 있노라면 얼른 저 풍경을 정복하고 말겠다는 마음이 이글거린다. 결국 신발 끈 조여 매고 밖을 나돌아 다니기 일쑤다. 워낙 집에 틀어박혀 지내는 성격이 아닌 나와 설쌤은 틈틈이 걸음걸음 동네 사랑을 몸소 실천한다.

『갈월동, 함께 걸을래요?』

고민머리나무

곰...
〈반달집〉

벌거에 파티세가 운영하는 〈따짐〉

TAFFIN

바게트, 크라상, 깡빠뉴 최고의 맛집!

삼광초

매일예늉가 다른 〈우리식당〉

우리식당

오늘은 예뉴가 뭘가?

수요일이니까 오징어볶음!

〈희한한담장〉
도대체
무슨 의도로
저렇게
꾸며놨을까

?? ???

에스프레소 바 〈오로소〉

OROSO

〈백범광장〉
앞에는 빌딩숲 ~ 뒤로는 남산 ~

HILTON

유명해지지
않았으면 좋겠다...
이미 많이
유명하지만...

커피 슬러쉬같은
그라니따가 일품!

173

4장

맥시멀리스트 둘이
함께 살면

이곳은 정글, 두 마리의 짐승이 살고 있다. 한 마리는 의미가 담긴 물건에 집착한다. 낙서든, 메모든, 로고 박힌 봉투든, 빈티지 그릇이든 무엇이든 제 마음을 두들겼다면 따지지 않고 죄다 모은다. 그중에서도 특히 더 의미 있는 것은 자주 볼 수 있도록 눈에 잘 띄는 곳에 배치하는 습성이 있다. 또 다른 한 마리는 감탄사가 나오는 비주얼에 쉽게 혹한다. 그 대상은 귀여움, 엉뚱함, 유쾌함, 따뜻함 등 넓은 감각 스펙트럼에 걸쳐 분포한다. 이 짐승의 능력은 '배치'에서 빛을 발한다. 새로운 물건을 스리슬쩍, 마치 원래 그 자리에 있던 것처럼 자연

스레 들여놓는 재주가 뛰어나다.

　　두 마리의 짐승은 제 보금자리만 해도 따로 미어터지게 꾸릴 수 있지만 굳이 같이 살아버리는 바람에 의미와 볼거리로 빽빽한 정글을 만들어냈다. 그나마 함께 살 수 있는 이유는 이들이 같은 종이기 때문이다. 우리는 이들을 '맥시멀리스트'라 부른다.

　그렇다. 그 맥시멀리스트가 바로 나와 설쌤이다. 사귀기 전부터 서로가 맥시멀리스트임을 알았고 어쩌면 그 특징이 매력으로 다가와 서로에게 끌렸을지도 모르겠다. 용도와 상관없이 사물의 아름다움을 발견할 줄 아는 눈은 특별하다. 마음을 쏟은 물건을 쉽게 버리지 못하는 습성에는 다정함이 묻어 있다. 특별한 눈과 다정한 마음을 가진 사람과 나누는 사랑

가장 최근 꽉 찬 반달집

이사 온 직후의 텅 빈 반달집

은 또 얼마나 소중한 경험이겠는가. 너무나 감사하게도 우리는 반달집이라는 터를 찾아 그 소중한 경험을 차곡차곡 쌓아가고 있다. 물론 처음부터 이렇게 물건 더미의 방을 만들자고 계획했던 것은 아니다.

내가 방 꾸미기 계획서를 들이밀었을 때, "으음, 에에" 하며 놀라던 설쌤의 반응을 잊을 수 없다. "집을 꾸미는 일은 재밌는 놀이여야 하는데 이렇게 숙제처럼 하고 싶지 않아"라는 설쌤의 말에 생각을 바꿨다. 계획은 접어두고 재밌게 집을 꾸미기로 마음먹었다. 마음 이끄는 대로 벽지를 채우고 소품을 쌓고 가구를 들이다 보니 어느새 우리 얼굴보다도 더 선명하게 우릴 보여주는 거실이 됐다. 그 면면을 소개해보고자 한다.

벽을 도배한 종이들

액자와 그림만 벽에 붙이란 법은 없다. 스티커, 사진, 엽서, 마른 꽃, 전시 티켓, 책 표지, 영수증까지 잘 달라붙어 있을 정도로 가볍기만 하다면 벽에 붙을 자격은 충분하다. 우린 그렇게 생각한다. 귀엽고 예쁜 것은 드러내놓고 자주 보아야 한다고. 서랍이나 파일 속에 고이 모셔두다 잊히기엔 광고지들이 담고 있는 아름다움이 너무 아깝다. 보아야 잊히지 않는다. 한 사람은 끊임없이 글을 끄적이고, 다른 한 사람은 끊임없이 그림을 그리니 거실은 그야말로 사면초가다. 하지만 신기하

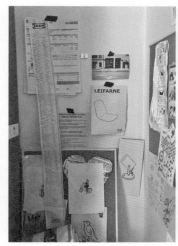

게도 공간은 만들면 생긴다. 그것을 '옹기종기 마법'이라 부르겠다. 자고 일어나면 간간이 책상 위에 올려져 있는 설쌤의 그림 선물은 어딘가 전시해두지 않고는 못 배긴다. 설쌤의 손에서 검정 라인으로 다시 태어난 내 모습이 여기저기서 빛을 발했으면 좋겠다.

230만 원짜리 한스 웨그너 책상

설쌤의 허락이 필요했던 유일한 가구가 바로 이 책상이었다. 작업실이 있는 설쌤과는 다르게 나는 집이 곧 작업 공간이었으므로 거실 한구석을 내 책상 자리로 쓰게 해달라고 요

구했다. 소중한 공간인 만큼 정말 마음에 드는 책상을 들이고 싶었다.

그러다 한스 웨그너라는 디자이너가 만든 빈티지 책상이 내 눈에 들어왔다. 층층이 쌓인 책장과 용도별로 아롱다롱 색다른 수납함이 빈틈없이 들어찬 이 나무 책상을 보자마자 마음을 빼앗기고 말았다. 230만 원이라는 가격을 듣고 빼앗겼던 마음이 도로 제자리로 돌아오나 싶더니, 이내 "6개월 할부요"라는 말과 함께 카드를 내밀고 있었다. 이 책상의 값어치보다 더 가치 있는 일을 내가 해낼 수 있을까? 고민했었다. 책상과 나의 가치가 수지타산이 알맞게 떨어지는 때는 대체 언제일 것인가? 아마 그런 때는 오지 않으리란 사실을 알았기에 그냥 '지금' 저질러버리기로 마음먹었다.

반달집에 놀러 와 책상 가격을 묻는 사람들에게 "2······ (백) 30만 원 정도 해"라며 말을 흐리곤 하지만. 참고로 이 책상을 사는 데 있어 마음 기댈 곳이 되어준 광고 카피 하나를 기록해둔다.

매일 쓰는 것들은 제일 좋은 걸로
좋은 건 나중에 사겠다는 생각 버리기
-일룸

술장이 되어버린 자개장

우린 술을 좋아한다. 난감하게도 반달집에 함께 살기 시작하면서부터 술을 더 좋아하게 됐다. 우연히 접한 위스키 소개 영상에 둘이 동시에 푹 빠진 탓이다. 다시 한번 말하지만 곤란한 일이었다. 비싼 위스키 가격도 가격인데, 무엇보다 부엌 한편에, 테이블 귀퉁이에, 복도 바닥에 쌓여가는 위스키병이 처치 곤란이었다. 도대체 위스키병은 왜 그렇게 쓸데없이 곱디고운 것인지. 아니지, 고운 것이 쓸모없는 일이 되어서는 안 되지. 우린 한마음 한뜻으로 위스키병을 전시하기로 했다. 마침 버릴까 말까 고민하던 친할머니의 자개장을 주워 와 엄

중한 역할을 부여했다. 우리 집 분위기를 선도하는 반장, '술
장'이라는 역할을. 술장 위에 늘어선 위스키들은 바라만 봐도
흡족하다. 물론 맛까지 보면 황홀경이 따로 없지만! 그렇게 거
실 벽면 한쪽에 신선놀음할 수 있는 플레이그라운드가 탄생
했다. 남산타워가 유난히 이쁘게 반짝이는 밤이면 설쌤과 나
의 눈은 자연스럽게 한곳으로 향한다. 좋아하는 사람이 내가
좋아하는 것을 함께 좋아해주다니. 이건 아무리 생각해도 복
이다, 복!

반달집 아이콘, 반달 테이블

　나는 의미충이다. 집 애칭인 '반달집' 의미를 살려 거실 창가엔 꼭 반달 모양 테이블을 두고 싶었다. 반달 테이블에 앉아 창밖 반달을 감상하면 얼마나 낭만적일까! 그런 연유로 테이블만큼은 충동이 아닌 머릿속 계획을 현실에 끌어내 그대로 구현하고 싶었다. 반달 모양 테이블을 얼마나 찾고, 찾고, 또 찾았는지 모른다. 하지만 아무래도 실용성이 떨어져서 그

런지, 시중에는 나와 있지 않았다. 이삿날은 다가오는데 테이블을 고르지 못하고(정확하게는 반달 디자인을 포기하지 못하고) 전전긍긍하다가 다른 가구라도 얼른 고르자는 심정으로 이케아 사이트에 접속했다. 그러다 들어간 '사무 가구' 카테고리에서 행복한 발견을 했다. 3미터에 육박하는 모듈형 대형 회의실 테이블 가장자리 한 조각이 마치 하얀 보름달을 반으로 뚝 갈라 떼다 놓은 듯한 반달 모양이었다. 높이도 너비도 내가 찾던 딱 그 크기였다. 반달 테이블을 발견하기까지 과정을 '운명적 만남'이 아니면 뭐라고 설명할 수 있을까.

이름하여 음악 선반

맥시멀리스트란 결국 상상력이 풍부한 사람 아닐까? 용도를 넘어 그 뒤로 펼쳐지는 에피소드와 물건이 자아내는 분위기를 상상하다 보면 도무지 버릴 수 없는 물건과 사지 않을 수 없는 물건이 차고 넘쳐나게 되는 법이니까. 제주도까지 가서 음악 선반을 구해온 경위도 그런 논리에 위배되지 않는다. 여행 중 우연히 들른 빈티지 가게에서 설쌤이 이상하게 생긴 나무판자를 위로 아래로 몇 번이나 뒤집어보며 의아해하고 있는 것 아니겠는가. 나까지 거들어 헷갈려 하고 있자, 가게 주인이 다가와 올바른 모양새와 용도를 알려주었다. 나무판자 아래에 달린 철제 받침이 살짝 사선으로 올라간 빈티지 벽걸

이 선반이었다. 설쌤과 나는 선반을 함께 쥐고 상상의 나래를 펼치기 시작했다. "술상 위에 이걸 거는 거야, 거기에 스피커 랑 음악 추천 서적들을 얹는 거지, 모닝커피를 마실 때 여기서 노래가 흘러나온다고 상상해봐, 아니지 밤에 술 마시다가 여 기서 음악을 선별해서 BGM을 트는 거지." 우린 그대로 눈이 맞아버렸고 제주도에서부터 4킬로는 족히 넘는 선반을 이고 지고 상경했다. 훗날 가게 주인분이 우리에게 보낸 메시지엔 이렇게 적혀 있었다. "집과 잘 어울려요. 눈이 보배이십니다."

얼마 전 <어느 수집가의 초대> 전시회에 가서 아주 마음 에 드는 문구 하나를 발견했다. "인간은 끊임없이 물건을 만들 어냅니다. 물건을 모은다는 것은, 물건에 담긴 이야기를 모으

는 것입니다." 내 마음을 쏙 빼다가 잘 해석해놓은 문구였다. 그래, 물건이 어떻게 물건이기만 하겠어. 이렇게 긴 글을 쓰고도 다 못 담을 이야기가 거실 벽에 주렁주렁 매달려 있다. 수납함에 꽉꽉 채워져 있고, 창턱에 차곡차곡 쌓여 있다. 그 매력 있는 이야기들을 이렇게라도 털어놓을 수 있어 마음이 후련하다. 우리 집 거실을 보고 지저분하니 좀 치우라고 타박하는 사람도 간혹 있지만, 왠지 우리는 전혀 타격을 받지 않는다. 이 거실의 주인은 우리이기 때문이다. 소중한 것을 발견할 줄 아는 눈으로 서로를 보는 우리니까. 어쩌면 아롱다롱 전시된 저 귀여운 것들처럼 나의 내면 또한 상대방에 의해 매일매일 끌어올려지고 반짝반짝 광을 낼지도 모른다는 설렘이 있으니까. 우린 다행히 잘 만난 맥시멀리스트 둘이니까.

이상형은
이상형일 뿐이니!

사람들이 이상형을 물어보면 항상 글을 잘 쓰는 사람이라고 대답해왔다. 자주 편지를 써주는 사람. 같이 시간을 보내다가 문득 나를 보니 떠올랐다며 일필휘지로 시 한 편을 적어주는 사람. 그는 아마 애드리언 브로디처럼 슬픈 팔자 눈썹에 <아멜리에>의 남자 주인공 니노 같은 귀여운 매부리코를 하고 있을 거야……. (너무 눈살 찌푸리지 말아주시라. 로망은 로망일 뿐이니!) 한번은 회사에서 여사원들이 모여 이상형 이야기를 한 적 있다. 방금 말한 그대로를 내 이상형으로 말했더니 한 여자 선배가 고개를 절레절레 저으며 하는 말. "혀에 기름 두른 사람이 좋으면 차라리 시집을 사서 읽으세요."

무조건 글을 잘 쓰는 사람이 좋다는 건 아니다. 사랑하는 사람과 사랑에 대해, 감정에 대해 소상히 이야기 나누고 싶다는 마음이었다. (듣고 있지, 애드리언 브로디?) 설쌤 이 사람, 분명 따뜻한 성격인데 감정 표현만큼은 낯간지러워한다. 그림에는 인류애가 가득한데 가끔 말하는 걸 보면 보통 사람보다도 건조한 로봇 같고. 대체 어느 쪽인 거지? 아직 서로를 몰라도 너무 모르던 연애 초, 뭔가 답답함이 느껴졌다.

"설쌤은 사랑이 뭐라고 생각해요?"

가장 궁금했던 것을 다짜고짜 설쌤에게 질문했다. 앞으로 우리가 함께 지어나갈 궁전 조감도 정도는 미리 살펴볼 권리가 있지 않겠는가. 어라, 설쌤 표정이 미묘하게 어두워진다. 조금 부끄러워하며 얼굴을 붉힐지언정 용기 내서 자신만의 사랑 철학을 더듬더듬 말하는 설쌤을 상상했는데…… 내 앞에 앉아 있는 로봇은 디기딕 디기딕 머리를 굴리는 중이었다. "사실 사랑이라는 게 진짜 있는 개념인지 모르겠어요. 좋아하는 마음은 있어요. 그 좋아하는 마음이 커지고 더 커지고 더, 더, 더 커질 수는 있겠죠." 그러니까 설쌤에게 있어 사랑이란 그냥 좋아하는 것보다 더 많이 좋아하게 되는, 정도의 차이가 있는 좋아함과 다르지 않다는 말이었다.

툭, 투두둑, 툭툭.

왕방울만 한 눈물이 떨어졌다. 좋아하는 거랑 사랑하는 게 어떻게 같은 선상에 놓일 수 있지? 나는 마음속에서 내지르는 포효를 최대한 볼륨을 낮추어 말했다. "사랑을 모르는 사람이랑 어떻게 사랑을 해욧!?" 설쌤은 매우 미안하고 곤란한 표정을 지었다. 그게 더 나빴다. 자기 생각을 바꿀 마음이 없다는 저 표정! '아마 이 사람이랑 얼마 못 가서 헤어질 수도 있겠어.' 당연하다. 사랑을 모르는 사람과 사랑을 할 수는 없으니까. 일단은 지켜보기로 했다. 설쌤이 정말 사랑이 없는 사람인지, 사랑이 있지만 그걸 인지하지 못하는지, 사랑을 알지만 표현하는 방법이 서투른 건지 알아보는 노력 정도는 해보자 싶었다.

설쌤은 데이트 때마다 매번 그림 선물을 해준다. 설쌤 맞은편에 앉아 있는 내 모습을 정성스럽게 그려서 아무렇지 않게 툭 건네준다. 카메라 렌즈조차 거치지 않은, 당신의 눈에 찍힌 모습 그대로 출력된 그림은 내게 매번 똑같은 크기로 감동을 준다. 피사체인 나 스스로 하기 힘든 일을 그림은 기꺼이 수행하고 있기 때문이다. 그건 바로 '있는 그대로 아름답기'다.

나는 설쌤을 사랑하는 걸까, 아니면 설쌤 눈에 비친 나를 사랑하는 걸까? 그 어떤 언어 표현보다 모순 없이 사랑을 보여주는 그림을 보며 주제넘게도 4세대 아이돌 노래 가사 같은 노골적인 사랑 고민에 빠져보기도 했다.

"혀에 기름 두른 사람이 좋으면 차라리 시집을 사서 읽으세요."

문득 회사 선배의 조언이 떠오르는 날이었다. 좋아하는 책을 읽고 감상에 푹 빠져 생각을 정리할 겸 글을 쓰려던 참이었다. 글을 읽지도 쓰지도 않고 내가 행복하게 살 수 있을까? 당연히 아니었다. 보고 듣고 느낀 것을 톺아보며 정돈된 생각을 기록하는 일, 그건 내가 가장 소중하게 생각하는 활동이고 내가 가장 좋아하는 취미다. 설쌤이 그런 활동을 잘해야 하는 이유는 없었다. '그저 좋아하는 사람과 좋아하는 활동을 공유하고 싶었을 뿐이야.' 다만, 공유가 아닌 강요를 했다는 게 문제일 뿐. 사랑이 무어라 구구절절 설명은 못 해도 나를 위해

늦은 밤 내 머리맡에 물 한 잔 떠다 놓는 다정함을 베푸는 사람을 이제 그만 괴롭힐 때가 된 것 같았다. 시 쓰는 애드리언 브로디가 슬픈 팔자 눈썹을 하고 내게 손을 흔들며 말했다. "사랑을 정의하고 글을 쓰는 건 아무래도 네 몫이야. 굿바이!"

내가 속으로 수많은 문장을 타이핑하고 있을 때, 옆에서 설쌤은 수많은 이미지를 찍어낸다. 우리는 같은 것을 받아들여도 출력 형태가 다른 사람들이다. 설쌤은 마음을 그대로 인화해서 보여줄 수는 있어도 자기 언어로 번역해 읊을 줄은 모르는 사람이다.

동거를 시작하고 일거수일투족을 함께하다 보니 서로 카톡을 주고받는 일이 현저히 줄어들었다. 놀랍게도 카톡이 줄자 서로 감정 상할 일이 거의 사라졌다! '아, 싸움의 원흉은 그놈의 말, 말, 말이었구나.' 설쌤은 확실히 말보다 행동에 강한 사람이다. 조금 과장하자면 '봉사하라'라는 입력값을 받아들인 로봇처럼 묵묵하게 수행한다. 동거를 시작한 후로 설쌤에게 사랑 표현을 갈구하거나 '말을 왜 그렇게 해?' 같은 딴지를 걸거나 하는 일이 일절 없었다. 그렇게 자연스럽게 나의 어리석은 조율 행위는 사라졌다. 사랑을 보여주는 사람에게 사랑을 들려달라고 요구하지 말자.

출근길 지하철에서 문득 눈물이 그렁그렁 고여서 퍼뜩 고개를 숙여 마스크 안으로 눈물을 흘려보낸 날이 있다. 언젠가 설쌤이 이 세상을 떠나는 날, 꼭 그의 손에 카메라를 쥐여 줘야겠다는 생각이 들자마자 벌어진 일이었다. (물론 설쌤이 나보다 먼저 죽는다는 가정하에!……) 훗날 죽어서 저세상에 갔을 때, 가장 먼저 보게 될 장면이 나를 찍고 있는 설쌤이라면 죽음이 두렵지 않았다. 그런 죽음을 맞이할 수 있다면 설쌤 없이 살아 있는 남은 날 또한 담담하고 행복하게 보낼 것 같았다. (이 또한 설쌤이 나보다 먼저 죽는다는 가정하에!)

여전히 설쌤은 내 그림을 많이 그려준다. 그림 속 내가 여전히 사랑스러운 표정인 걸 보면 다행히 시간이 지났다고 설쌤의 마음이 변하진 않은 모양이다. 이젠 내가 그림 속 나를 닮고 싶다고 생각한다. 설쌤의 눈으로 해석된 버전의 내가 좋기 때문이다. 나를 진정으로 사랑하는 사람이 있다는 건 세상에서 가장 아름다운 내 해석본이 존재하는 것과 다름없다. 남의 눈을 빌리지 않고선 본인의 아름다움을 알아차리지 못하는 불완전성만큼 완벽한 설계가 이 세상에 또 있을까. 이번 생내 해석본엔 아무래도 그림이 가득할 것 같다. 괜찮아, 큐레이팅은 내가 하면 되니까. 그게 내가 되고 싶은 모습이니까. 지금도 이렇게 몇천 자로 내 마음이 어떻고 내 사랑이 어쨌는지 구구절절 쓰는 나니까.

동거 커플에게 해주는
최고의 덕담

처음엔 남자친구와의 동거를 주변에 밝히지 않으려고 했다. 사람들이 알게 되면 피곤한 상황이 펼쳐질 게 뻔했기 때문이다. 사생활을 조금이라도 오픈하면 야금야금 내 영역에 침입해서 어느새 내 팬티 색깔까지 관여하려는 K-오지랖, K-조언을 다들 질리도록 잘 알 테니 긴 설명은 하지 않겠다. 그래도 집을 옮긴다는 사실을 직장에 고지해야 했기에 그에 따른 예상 질문을 떠올려봤다. 혼자 산다고 할까? 아니면 가상 친구를 만들어서 함께 살게 됐다고 할까? 왜 하필 갈월동인지 이유도 설명해야 하나? 아니면 친한 동기에겐 사실대로 말하고 팀원들만 모르게 할까? 중간에 말이 꼬이기라도 하면? 나도 모르게 앞뒤 안 맞는 말이라도 하면!? 점점 골치가 아파 오기 시작했다. 이게 나 편하자고 하는 일인지 모를 지경이 되자 문득 지독한 기시감을 느꼈다. 아, 그렇지 참. 이 골치 아픈 각색은 내가 평생 해오던 짓이지.

나에겐 두 가지 버전의 가족이 존재한다. 사이좋은 부모와 말 잘 듣는 자녀로 구성된 대외용 가족과 각각 따로 사는 부모와 독립심 강한 자녀로 구성된 진짜 버전 가족. 내가 진짜 버전 가족에 만족하냐 마냐와는 상관없이 듣는 사람들의 편의를 고려하여 대외용 가족을 만들어놓고 산다. 사람들은 본인이 생각할 때 정상 카테고리에 들지 않는 개념을 접하면 어찌할 바를 모르며 당황하기 때문이다. 나에겐 익숙하고 사랑스러운 가족들이지만 아직 뭇사람들이 소화하기엔 우리 가족이 그로테스크한 면이 있단 걸 인정한다. 거기에 더해 서울에서의 동거 생활까지 대외용 버전을 만들자니, 나도 지칠 대로 지쳐버렸다!

진실은 중력과도 같아서 뻔히 일어난 일을 일어나지 않은 척하면 어디선가 탈이 난다. 지금까지는 내 속에 탈이 나는 것으로 감당하려 했는데 더 이상은 그러고 싶지 않았다. 탈이 나려면 듣는 사람 쪽이 불편을 감수하라지 뭐. 동거 생활과 동거 대상에 대해 있는 그대로 말해야겠다고 마음먹었다. 친구들에게도 직장에서도 이웃들에게도 동거 사실을 밝혔다. 사람들의 반응은 다음과 같았다.

"결혼까지 할 생각 있어?"

열이면 열, 동거를 한다고 했을 때 나이와 성별 각기 다른 사람들이 하나같이 하는 질문이다. 물론 저 질문이 나오게 된 경위를 십분 이해한다. 동거에 대한 마음가짐이 얼마나 진지한지, 동거하는 상대방이 충분히 신뢰할 만한 사람인지, 그렇게 괜찮은 사람이라면 왜 결혼하지 않는지, 만약 다른 상대와 결혼하게 된다면 동거를 했단 사실이 흠이 될까 걱정되진 않는지……. 꼬리에 꼬리를 무는 질문 다발을 최대한 매너 있게 걸러내고 보면 저 질문 하나가 뾰족하게 솟을 수밖에. 상대방에 따라 대답을 달리했는데, 염려 많은 기성세대에겐 "네, 괜찮으면 결혼도 해야지요"라고 대답했고 막역한 지인들에겐 "아니, 굳이 결혼까지 생각하고 사는 건 아니야"라고 대답했다. 물론 진심은 후자였다.

"그럼, 부모님은 뭐라고 하셔?"

결혼 다음으로 사람들이 가장 궁금해했던 건 각자 부모님 반응이었다. 아무리 머리 굵은 성인 두 명이 결정한 일이어도 부모님의 생각은 다를 수 있으니까. 이래라저래라 간섭받지 않는 나조차도 처음 동거에 대해 말을 꺼낼 때 조마조마했던 기억이 난다. 물론 두 분 다 간단하게 "너라면 잘 살겠지"라며 긍정적으로 답해주시긴 했지만 말이다. 아마 우리 부모님은 나보다는 이제 나 없이 혼자 살게 될 언니 걱정이 앞서셨을 테다. (나중에야 알았는데 아빠가 언니에게 "그래도 각자 자는 방은 따로 쓰겠지?"라고 넌지시 물어보셨다고 한다. 아이고 아버지!) 사실 나보다 설쌤네 부모님 반응이 더 걱정이었다. 혹시라도 이참에 결혼까지 하라고 설쌤을 채근할까 봐서 말이다. 하지만 다행히도 설쌤네 부모님은 같이 살 집이 살기 괜찮은지만 걱정하시고 결혼에 관한 이야기는 일절 꺼내지 않으셨다고 한다. 동거 당사자인 나로서도 참 신기한 일이었다. 우리 어쩌면 유니콘 같은 부모님을 갖고 있는 걸지도 몰라. 심지어 쌍방이 모두 그러하니 어마어마하게 낮은 확률의 복을 타고난 건가(아니면 그냥 끼리끼리 사이언스가 통한 걸까)? 물론 부모님들의 더 깊은 속마음은 알 수 없는 일이지만 말이다. 쩝.

그럼 대체 결혼이란 건 언제, 어떻게 하게 되는 걸까? 너무너무 궁금해서 한때는 결혼해서 잘 살고 있는 사람들만 보면 물어보곤 했다. "결혼을 결심한 계기가 뭐예요?" 대답은 '아이가 갖고 싶어서, 상대방 혹은 부모님이 원해서, 안정감을 느끼고 싶어서'와 같은 구체적인 것과 '자연스럽게, 당연히 해야 할 것 같아서, 너무 오래 사귀어서, 타이밍이 됐다고 느껴서'와 같이 두루뭉술한 것까지 다양했다. 하지만 실망스럽게도 나의 케이스에 적용할 만큼 유용한 답변은 없었다. 하늘에서

전지전능한 누군가 내려와서 나의 남자친구가 결혼 상대인지 아닌지 알려주면 좋으련만! 아니면 결혼을 결심하게 되는 계기가 마법처럼 펼쳐지면 좋으련만! 그런 일은 설쌤과 지지고 볶으며 사귀는 5년 내내 일어나지 않았다. 그나마 극적인 일이라면 여차여차 인연이 닿아 이렇게 갈월동 적산가옥에 함께 살 게 된 정도랄까.

"있잖아, 실은 나도 동거 중이야."

정말 많은 분이 수줍게 얼굴을 붉히며, 혹은 반가움의 미소를 띠며 본인도 동거 중이라고, 혹은 과거에 동거하다 결혼에 골인했다고 밝혀주셨다. 동거를 하기 전까진 몰랐다. 이렇게 많은 사람들이 동거 경험자란 사실을! 그리고 열에 아홉이 동거에 대해 매우 긍정적인 생각을 갖고 있었다. 경험해본 사람들은 입을 모아 말한다. "같이 안 살아보고 결혼하는 게 더 무모한 행동처럼 느껴질 정도야." 끄덕끄덕 얼마나 힘차게 고개를 끄덕였는지 모른다. 생각해보면 집을 구하기도 어렵고 세를 나눠 내면서 부대껴 살 정도로 가까운 관계를 찾기도 어려운 도시 생활에서 연인끼리의 동거는 매우 합리적인 선택일 수밖에 없다. 하지만 그분들 중에 동거 사실을 공개하고 다닌 사람은 극소수였다. 동거의 가장 큰 단점을 꼽자면 역시 타인의 시선 아닐까?

"혹시 저도 동거해도 괜찮을까요?"

주로 어린 친구들이 조심스럽게 물어봤다. 사귀고 있는 상대가 있고 집을 구해야 하는데 동거를 해볼까 하는 생각도 든다면서 말이다. 하지만 타인의 동거 시작 여부에 대해서는 쉽게 의견을 내긴 어렵다. 동거 메이트 중 한 명이라도 경제적으로 독립한 상황이 아니라면 더더욱. 내가 5년이고 10년이고 성공적인 동거 생활을 해냈다고 해서 해줄 수 있는 조언도 아닐 듯싶다. 저마다 각자의 관계와 사정이 있는 법이니까. "결혼은 언제 결심하게 되나요?" 하고 물어보는 나를 보면서 기혼 선배들도 이런 기분이었을까? 다만 한 가지 확실히 얘기해줄 수 있는 건, 경제적으로 이슈가 없고 결혼에 대해서 확신이 서지 않는다면 같이 한번 살아본다고 해서 크게 손해 볼 건 없다는 점이다. 결혼 생활이 어그러지는 것보다 동거하다 갈라서는 게 피해 규모나 심적인 부담 면에서 훨씬 낫지 않을까?

설쌤과 함께 산 지 벌써 꽉 채워 2년이 다 되어간다. 지금 이 생활이 매우 만족스럽지만 행복한 동거의 비결을 묻는다면 나는 운이 좋았다는 것밖에 아무 할 말이 없다. 늘 붙어 있어서 서로에게 질려버리는 건 아닐까, 싸우고 삐걱대다 파국에 이르진 않을까 걱정했던 때도 있었더랬지. 그런데 밤낮이 다른 우린 생각보다 서로의 생활 패턴에 잘 스며들었고, 둘 다 자기주장이 강하지만 집을 꾸미거나 시간을 보내는 데는 취향이 일치했다. 함께 살아보지 않았으면 몰랐을 많은 부분이

당신과 함께 미래를
그려나갈 수 있을까?

막상 뚜껑을 까보니 천만다행 '해결 가능'으로 판명 났달까. 나와 설쌤 둘 다 노력도 많이 했지만, 돌이켜보면 다 운이었다. 함께 살면서 만족스러운 부분이 살기 전에 본 모습으로 유추할 수 없는 부분이었음을 고려하면 말이다. 이렇게 잘 살고 있으니, 처음엔 전제되어 있지 않았던 결혼에 대한 생각이 이젠 바뀌었냐고?

그렇진 않다. 아이러니하게도 설쌤과 함께 사는 지금의 생활이 만족스러울수록 더더욱 결혼해야 할 이유가 불명확해져 간다. 지금으로 충분히 괜찮은데 뭐 하러 결혼까지? 어쩌면 동거하는 커플에게 할 수 있는 최고의 덕담은 "와, 결혼하셔도 되겠어요!"가 아니라 "와, 결혼까지 안 해도 되겠는데요!"가 아닐까. 동거가 결혼의 전 단계가 아니라, 서로 사랑하고 신뢰하는 두 사람의 최종 목적지일 수도 있다는 생각. 이 생각이 더 많은 사람에게 좀 더 쉽고 가볍게 떠올랐으면 좋겠다.

내가 자라온 가정환경을 비롯해 지금 남자친구와 꾸려가고 있는 동거 생활까지, 어쩌면 계속 비주류에만 속해 온 나로서는 세상에 더 다양한 형태의 가족 단위가 소개될 필요가 있다고 느낀다. 그게 바로 이렇게 소소하지만, 확실히 존재하는 나의 동거 생활을 기록하는 이유이기도 하고. 이 이야기의 어느 한 구간에 결혼 에피소드도 기록하게 될까? 그 답에 대해서는 일단 열어둬야 할 것 같다.

대머리와
'살아' 보고서

제일 좋아하는 가수? 하림. 그렇다고 그의 빡빡이 머리 스타일까지 좋아한 건 아니었다. 가수 하림을 좋아했던 덕분에 설쌤의 모자 안에 머리카락이 없다는 사실을 자연스럽게 받아들일 수 있었던 건 사실이다. 여성들은 잘 모르지만 20대 후반에서 30대 초반 남성 중 다수가 자연스러운 상실과 맞서 싸울지 받아들일지 선택의 갈림길에 선다. 결론만 두고 봤을 때 대부분의 빡빡머리는 선택된 것이 아니라 주어진 것이다. 상실을 스타일로 승화시킨 셈이다. 그중 한 명이 바로 우리 설 쌤이다. 가끔 설쌤의 머리 스타일에 대한 질문을 받을 때마다 나는 대답한다. "위쪽은 타의로, 아래쪽은 자의로 빡빡이가 되었습니다." 딱히 숨겨야 할 이유가 없는 팩트지만 혹시 이 글을 보는 여성분 혹은 축복받은 머리숱 소유자가 계신다면 빡빡이에게 왜 빡빡이가 되었냐는 질문은 굳이 꺼내지 않길 권장해드립니다. "들을 수 있는 대답이 거의 뻔하거든요!" 우리 주변에 수많은 대머리가 있음에도 불구하고 대머리는 놀림의 대상이 되거나 남을 깎아내리는 표현으로 악용되는 사례만 난무하는 것 같아 마음이 아프다. 그래서 나름 한 명의 대머리를 사랑하고 오랜 시간 대머리와 함께 살아본 사람으로서 대머리에 대한 다른 시선 하나를 세상에 던져보고자 한다. 일명 대머리와 '살아' 보고서.

촉감

대머리의 뒤통수는 정말이지 유혹적이다. 뽀얀 생크림이 풍성하게 올라간 케이크를 주먹으로 내리쳐 뭉그러뜨리고 싶다는 충동을 느껴보신 적 있으신지? 대머리의 뒤통수는 그와 비슷한 충동을 일으킨다. 손가락을 있는 힘껏 쫙 펼쳐서 판판한 살색 벌판에 철썩! 내리꽂으면 손바닥부터 온몸까지 짜릿한 쾌감이 퍼질 것 같은 기분, 솔직히 매번 상상한다. 하지만 대머리도 결국 두피다. 샤워하고 갓 나온 뽀송뽀송한 버전이 아닌 이상 머릿기름이 둘린 두피를 함부로 만졌다가 후회할 수도 있다. 그렇다. 많은 후회 끝에 하는 말이다. 그런데 강아지나 고양이의 발바닥 꼬순내에 중독되듯 대머리 뒤통수에서 풍기는 특유의 사람 냄새(?)가 마냥 나쁘지만은 않다. 종종 설쌤의 머리통을 끌어안고 냄새를 맡으면 마음에 안정감이 온다. 폭신폭신한 털이 주는 편안함은 없지만, 빡빡이 꼬순내도 그만한 값어치가 있다.

유약함

머리카락도 기능이 있음을 소거법에 의해 깨달았다. 두피가 그렇게 약하고 예민한 부위인지 몰랐다. 대머리는 뜨거운 볕에 쉽게 화상을 입고 찬 바람이 거셀 때는 머리가 깨질 것 같은 두통에 시달리기도 한다. 게다가 가끔 모서리에 머리를 찧기라도 하면 방어막이 없어 영락없이 피를 찍 흘리는 일이 다반사다. 가녀린 스핑크스 고양이를 볼 때 안쓰럽고 가여운 마음이 드는 것처럼 설쌤의 맨머리도 보호본능을 잔뜩 자극하곤 한다(어떨 때는 몸을 웅크리고 자는 모양새가 꼭 갓난아기 같아서 소름이 돋기도 한다).

그러니 여름에는 캡 모자, 겨울에는 따뜻한 비니가 필수일 수밖에. 스타일 내기도 얼마나 좋은가. 솔직히 천장에 닿을 것처럼 높게 쌓인 설쌤의 모자 컬렉션을 처음 봤을 땐 기겁하긴 했다. 이 사람 대체 모자에 얼마를 투자하는 거야? 그래도

내가 1년에 미용실에 쓰는 비용에 비할 바냐. 게다가 샴푸도 안 써, 드라이기도 안 써, 헤어크림도 안 써, 얼마나 경제적인지! 그러니 모자를 살 때만큼은 잔소리를 아끼려고 노력한다. 새 모자 쓴 설쌤에게 활짝 웃으며 이렇게 말한다. "새 머리 했네! 잘 어울린다."

화장실

머리를 안 감는다고 해서 샤워 시간이 짧으리라 생각하면 오산이다. 그들의 샤워 리스트엔 이발 수행 시간이 포함되어 있기 때문이다. 설쌤에 의하면 전기면도기보다 아날로그 면도날이 섬세하고 예리하게 잘 깎인다고 한다. 비싼 샴푸 대신 향 좋은 비누는 필수다. 이발 직후의 맨머리는 극강으로 뽀송뽀송하고 향기롭고 보드랍기까지 하다. 대머리의 애인은

이 골든타임을 놓쳐선 안 된다. 이 세상 아무도 침범할 수 없는 나에게만 허락된 그 영역을 잔뜩 누릴 시간이다. 킁킁 향을 맡고 문질문질 만져준다. 그러면 설쌤은 귀찮아하며 살짝 샐쭉해지는데 그 모습이 재밌어서 더욱 멈출 수가 없다. 샤워하고 나와도 화장실에 떨어진 머리카락이 없다는 게 장점이자 단점이다. 깨끗하니까 장점만 있다고 생각하겠지만 동거인으로서 집 바닥에 떨어진 머리카락에 대한 귀책 사유가 100퍼센트 나에게 있다는 게 단점이다. 청소도 설거지도 본인 몫 이상으로 하는 설쌤이지만 화장실 머리카락 뭉치만큼은 잘 손대지 않는다. 그래, 염치가 있으면 머리카락만큼은 내가 치워야 하는 게 맞지. 대머리에게 머리카락 청소시키는 악마가 되진 말자!

전문가 포스

웹툰 작가 주호민이 대머리는 뭘 해도 전문가 같아 보이는 게 장점이라고 말한 적 있다. 대머리 관찰자로서 무척 공감하는 바다. 머리카락 한 톨 허용하지 않는 깨끗한 두상은 산만한 일로부터 자신을 완벽히 차단해낸 결연한 의지의 표상인 것만 같다. 급 각성한 영화 속 주인공들이 가장 먼저 하는 일이 가위를 들고 서걱서걱 머리를 잘라내는 데에도 다 그럴듯한 이유가 있었던 거다. 설쌤 또한 뭘 해도 '저 지금 완전히 집

전문가 포스로 과연
무엇에 집중하고 있을까?

아하!

중하고 있어요. 건드리지 마세요' 하는 전문가의 아우라가 물씬 풍긴다. 그림은 본업이라 그렇다 치고, 땀을 살짝 흘리며 불 앞에서 프라이팬을 뒤집으며 열정적으로 요리할 땐 툭 건드리면 금방이라도 "이랏샤이마세~" 인사를 건넬 것 같고 롤업 바지를 입은 채 이마를 잔뜩 찌푸리며 벽에 못질을 할 때면 건설 현장에서 10년 이상 뛰어온 포스가 풍긴다. 그러고 보면 자기 분야를 끝내주게 잘하는 대머리들이 참 많은 것 같다. 내가 좋아하는 가수 하림부터 그림 그리는 재수 작가까지. 없는 것 빼고(?) 다 있는 그들의 반짝 빛나는 재능의 원천은 도대체 무엇인 걸까? 악마와의 거래에서 머리카락 대신 빼어난 능력을 얻기라도 한 걸까?

귀여움

설쌤이 바닥에 신문지를 깔고 발톱을 깎고 있길래 뒤에
서서 지그시 그 모습을 바라보고 있었다. 살색의 반들반들한
아치 모양이 참 닮았더랬다. 설쌤과 엄지발가락 말이다. 그 얘
기를 하면서 좀 놀렸더니 설쌤은 입술을 삐죽 내밀며 좀 새초
롬해졌다. 그런 모습이 귀여워서 항상 더 짓궂게 놀리게 된다.
사랑이라는 거대한 감정이 일상의 단위로 쪼개지고 쪼개지면
그게 바로 귀여움 아닐까. 결혼한 여자 선배들도 남자는 멋도
필요 없고 섹시함도 한순간인데 귀여움은 평생 간다고 입을
모아 말한다.

매일 봐도 또 새롭게 좋아지는 구석이 있다. 그렇게 매일 봐도 늘 새로운 것 중 하나는 출근 전에 오래도록 바라보다 나오는 잠든 설쌤의 얼굴이다. 동그라미 안에 가느다란 선 몇 개로 이루어진 그 얼굴 안에 온 세상의 평화가 다 담겨 있다. 오늘 하루를 살며 꼭 지켜내야 하는 대상이 있다면 바로 그 평화로운 표정이겠구나 한다. 내일 또 저 표정이 둥근 얼굴 위로 떠오를 수 있게 열심히 살아야지. "슈퍼맨이여, 지구의 평화를 위해 싸우세요. 나는 저 둥근 얼굴 속 평화를 위해 고군분투하렵니다!"

이 다섯 가지가 대머리와 함께 살면서 관찰한 소소한 특징이다. 나름 애정을 담아 기록한 보고서지만 혹시 설쌤이 자길 놀리냐고 샐쭉해지면 어떡하지? 하지만 대머리를 대머리라고 놀릴 수 있는 건 대머리 짝꿍만의 특권인걸! 아주 개인적인 애정이 조금 더 세상 공통 영역이 되길 바라며, 보고서를 마무리합니다.

주인 할머니와의
때이른 이별

아래층 주인 할머니는 종종 설쌤을 호출하신다. 지은 지 100년이 더 넘은 적산가옥이다 보니 이곳저곳 탈 난 곳이 많은 탓이다. 셋방을 놓느라 인위적으로 구역을 나눠놓긴 했어도 애초에 한 덩어리였던 주택이라 문제가 생기면 주인집, 세 들어 사는 집 할 것 없이 함께 머리를 맞대고 해결 방법을 궁리했다. 그날도 설쌤은 아침부터 할머니 전화를 받고 1층으로 소환당했다. 1층 천장에서 물이 샌다는 것이었다. 하필 우리 집 화장실이 위치한 자리에서 물이 샜는데 몇 차례 수리공을 불러서 고쳐봐도 완전히 해결이 안 됐는지 잊을 만하면 주기적으로 물이 샌다는 연락이 왔다. 옷을 챙겨입고 헐레벌떡 내려가는 설쌤을 보며 나는 그저 또 물이 새나 보다 했다.

보통 호출당한 설쌤은 돌아오기까지 꽤 시간이 걸렸다. 주인 할머니께서 입을 열면 지나가는 사람도 철퍼덕 자리 잡고 앉을 만큼 재미난 이야기를 술술 꺼내셨기 때문이다. 국민학교 시절 일본 경찰에게 잡혔던 사연부터 경주마를 수입하다가 망한 아드님 얘기까지 거침없는 말솜씨로 혼을 쏙 빼놓곤 하셨다. 그러다 별안간 "바쁠 텐데 얼른 가봐요!" 하는 경쾌한 한마디로 이야기를 마무리하셨다. 정신을 차리고 시계를 보면 한 시간 가까운 시간이 훌쩍 지나가 있기도 했다. 설쌤이 할머니께 다녀오는 날이면 나는 곧장 "오늘은 무슨 얘기 해주셨어?" 하고 보따리 맡겨놓은 사람처럼 설쌤을 닦달했다.

그날은 아래층에 다녀온 설쌤 표정이 평소와 좀 달랐다. "무슨 일 있어?" 나도 모르게 물었더니 청천벽력 같은 소식이 전해졌다. 할머니께서 갈월동을 떠나 다른 지역으로 이사를 하게 되셨단다. "그게 말이 돼?" 당연히 이 집이 할머니 생애 있어 마지막 집이 되리라 생각했기에 어안이 벙벙했다. 50년 넘게 살던 집을 떠나는 일이 할머니에게 큰 상실감으로 다가오진 않을까. 주제넘은 걱정까지 들었다. 사정을 듣자 하니 90대 노인에게 지하 벙커에 정원까지 달린 2층 주택은 홀로 관리하기 너무 벅찬 곳이란다. 수긍 가는 말이지만 여전히 반달집과 할머니를 뚝 떼어놓고 생각하는 게 이상했다. 아니, 아주 괴상했다. 집뿐만이랴, 할머니가 안 계시는 갈월동을 상상하니 쓸쓸하기 짝이 없었다.

하루하루 대문 밖에 폐가재도구가 쌓여갈수록 할머니의 부재가 성큼 다가오고 있음을 실감했다. 이 시대에도 저런 게 존재하는구나 싶은 오래된 가구들이 할머니에게 천덕꾸러기 짐이었을 것을 상상하니 괜히 얄미워 보였다. 할머니 없는 반달집이라니, 집을 튼튼하게 받치던 대들보가 쑥 뽑혀 나가는 느낌이었다. 출근길에 할머니를 마주쳤다. 이미 설쌤에게 다 들었지만, 할머니께서는 나를 붙잡아 세우곤 본인 입으로 이사 가는 사정을 차근차근 설명해주셨다. "세는 그대로 받을 거니까 걱정 마세요. 그냥 주인 명의만 바뀌는 거예요."

항상 세련되고 똑바른 존댓말로 대해주시는 할머니. '할머니, 반달집 주인이 바뀌면 모든 게 다 바뀌는 거예요. 할머니가 가시면 반달집은 예전 반달집이 아닌 거죠.' 속으로 생각만 했다. 우린 그만큼 친해지지 못했으니까. 할머니를 향한 애정은 일방적이었다. 마치 소설 속 주인공을 동경하듯 말이다. 내가 할머니와의 이별을 이렇게까지 아쉬워하는 걸 알게 되신다면 할머니께서는 어처구니가 없어 웃으실지도 모른다. 겉으로 아쉬운 표정이나마 지어 보이며 할머니께 인사를 건넸다. 그게 할머니와의 마지막 대화였다.

우연히 설쌤과의 여행 기간과 할머니 이사일이 겹쳤다. 스리슬쩍 여행을 다녀오니 집주인이 바뀌어 있었다. 밤 9시가 지나면 꺼지던 1층 거실 조명이 밤늦게까지 환하게 켜져서 그런가, 대문을 들어서자마자 미묘하게 집이 낯설었다. 앞으로 우리 생활은 어떤 국면을 맞이할까?

작은 걱정을 뒤로하고 2층으로 올라갔다. 여행 짐을 내려놓고 손부터 씻으려고 수도꼭지를 틀었는데 웬걸 물이 나오지 않았다. 아예 집 안 모든 수도가 끊겼다. 늦은 시간이었지만 설쌤은 실례를 무릅쓰고 아래층에 내려가 사정을 설명했다. 새로운 집주인과의 다소 민망한 첫 만남이었다. 알고 보니 아래층에서 밸브를 잘못 건드려 2층 전체 수도관을 잠가버린 모양이었다. 창고 벽 한쪽에 각종 기능을 담당하는 밸브가 한데 섞여 있는지라 처음이라면 헷갈릴 법했다.

1층과 2층 거주자 모두에게 불편을 끼친 그 사건으로 인해 나는 왠지 반달집이 살아 움직이는 유기체라 믿게 됐다. 그것도 한 성깔 하는 고등생명체. 반달집이 '어디 한번 나를 길들여보시지' 하며 어리숙한 거주자들을 골려본 걸지도 모른다.

할머니가 떠나시자 집 전체가 하나둘 매력을 잃어갔다. 특히 마당 정원이 전과 다르게 역력히 황폐해졌다. 무릇 꽃들이 잔치를 벌이는 4월에도 정원은 별다른 소식 없이 그저 듬성듬성했다. 그 꼴을 뻔히 봐놓고도 나는 바보같이 양귀비가

피기를 기다렸다. 작년 봄, 양귀비 덕분에 얼마나 많은 위로를 받았는지 생생히 기억했다. 양귀비 필 자리가 5월 초여름이 되도록 척박한 채 생명이 움틀 기미가 없는 모습을 보고 그제야 마음을 접었다.

서서히 몇몇 장면이 퍼즐 조각처럼 짜 맞춰지기 시작했다. 할머니께서 겨우내 양귀비 필 자리를 비닐로 덮어가면서까지 애지중지 관리하시던 모습, 할머니께서 마당 정원을 향해 두 팔 한 아름 벌리며 "정원은 제 작품이에요" 하시던 모습, 할머니께서 새벽부터 빨간 양귀비 앞에 서서 귀한 보물인 양 바라보시던 모습. 할머니 말이 맞았다. 정원은 할머니의 예술 작품이었다. 붓을 든 작가가 없으니 캔버스가 텅 비는 건 당연한 일 아니겠는가. 단순히 눈요기할 꽃이 없어 아쉬운 정도를 넘어 쉽게 채울 수 없는 서글픔이 찾아왔다. 아니지, 겨우 나 따위가 그러면 안 되지. 반달집이 내일 당장 폭삭 무너져 내린다고 해도 이상할 게 없는 봄이었다.

우습게도 나는 박탈감을 느꼈다. 세입자임에도 감히 자신을 이 집 가족이라고 여겨온 탓이다. 출근길 하루도 빠짐없이 할머니 방 불이 켜져 있는지 확인하고, 옆집에서 "요즘 할머니가 잘 안 보이시네?" 걱정하는 소리가 들리면 응당 책임 있는 사람처럼 "잘 계셔요" 하고 대답하던 나였다. 할머니 또한 우리를 그냥 월세 내는 사람으로 대하지 않으셨다. 동네 사람들에게 나와 설쌤을 소개하는 할머니의 밝은 표정과 자랑스러운 말투만 봐도 알았다. 한집에 사는 가족에서 방 한 칸 빌려 사는 세입자로, 갑작스러운 신분의 낙차는 내게 큰 상처를 남겼다.

대문을 나서 갈월동 골목을 걸어가는 나는 묘하게 풀이 죽었다. 이 집의 정수이자 나의 기댈 곳이던 할머니가 사라졌기 때문이다. 기생충이 따로 있나? 어두컴컴한 데 숨어 살며 주인집 냉장고를 터는 족속만 기생충이 아니다. 세입자인 줄도 까먹고 100년 넘은 이 집 역사를 본인 역사로 편입시키고, 당당한 아흔 살 할머니를 자부심 삼아 밝은 대낮부터 어깨를 활짝 펴고 대문을 들락날락하던 나야말로 기생충 가운데 으뜸가는 기생충이다. 숙주를 잃을 기생충은 풀이 팍 죽어버릴 수밖에.

그러다 문득 질려버렸다. 세상 모든 게 제자리에서 제 할 일 하는 와중에 혼자 예민해져서 상처받고 토라지다니. 반달집은 내 것이 아니다. 50년 넘는 세월을 함께한 할머니조차 영원한 소유자가 되지 못했듯이. 뻐꾸기가 새끼 키우는 방식처럼 자존감을 잘 키워줄 남의 둥지를 찾아 전전하는 일, 인제 그만둘 때가 되었다. 이번 봄에도 필 줄 알았지만 돌아오지 않은 양귀비, 영원히 반달집 주인일 줄만 알았지만 훌쩍 떠난 할머니 그리고 작별 인사도 없이 사라진 사랑하는 아빠까지. 당연히 곁에 있을 줄 알았지만 지금은 곁에 없는 모든 것이 똑같은 메시지를 전했다. "네 이야기의 주인이 되어라. 다름 아닌 지금 바로 이곳에서."

요즘 사람들이 꿈이 뭐냐고 물으면 속으로는 '잘 죽는 것'이라 생각하면서 겉으로는 '하루하루 잘 사는 것'이라고 대답한다. 내용으로 따지면 피차 다르지 않으니까. 잘 죽는다는 건 잘 마무리하는 뜻이다. 해야 할 일을 다 하고 두 발 쭉 뻗고 자는 알찬 하루하루가 모여 언젠가 영원히 누울 편안한 자리를 만든다고 믿는다. '해야 할 일'에는 내가 겪은 일을 나의 언어로 이야기하는 일이 포함된다. 궂은일도 나의 일, 우울한 마음도 나의 마음, 그래서 기쁨도 온전한 나의 기쁨이 될 수 있도록.

결국 내가 뿌리 내릴 곳은 알량한 내 마음밖에 없다는 사실이 처참하기도 하지만 희망적이기도 하다. 앞으로 좋은 운이 따라 내 그릇이 커지고 깜냥이 길러졌으면 하는 바람이다. 주인집 할머니를 만나 이런 생각을 하는 내가 되었듯이. 그 운을 기다리는 것 외에 내가 할 수 있는 일은 아마 꽃처럼 계절을 아낌없이 살아내는 것 정도 아닐까? 봄이 와서 꽃이 피는 줄 알았는데 이젠 생각이 좀 다르다. 꽃을 피우겠다는 의지가 봄을 봄답게 만든다. 올겨울에도 반달집이 아닌 어디선가 양귀비 필 자리를 열심히 보살피는 할머니를 그려본다. 굳이 물어보지 않아도 알 수 있다. 할머니는 건강하실 테고 영원히 젊으실 게다.

빨간 채칼의 저주,
당근 라페

어쩌면 모든 '사태'는 빨간 채칼에서 시작됐는지도 모르겠다. 직장 상사가 베트남에 놀러 갔다가 충동적으로 샀는데 본인은 사용할 일이 없다며 건네준 채칼 하나. '나도 요리 안 하는데……' 생각만 하고 회사까지 채칼을 챙겨다 준 성의가 감사해 덥석 받아왔더랬다. 그럼 뭐하나? 나란 인간은 평생토록 전자레인지에 냉동 도시락 돌려 먹는 게 (요리라고 할 수 있다면) 전부인 요·알·못인데.

그래서 반년이 넘도록 빨간 채칼을 서랍장에 고이 모셔만 두던 차에 문득, 아무 맥락 없이 그 채칼이 채소 하나라도 제대로 썰어낼까 하는 생각이 들었다. 짜임이 헐거운 것은 물론 얇은 쇠 부분은 빛이 다 바래서 쉽게 부서질 듯한 채칼을 한번 실험해보고 싶었다.

당근 네 개를 깨끗이 씻어 볼에 담아두고 드디어 채칼을 꺼냈다. '이게 설마 되겠어?' 의심은 잠시 가벼운 손목 스냅과 함께 채칼을 타고 얇게 썰린 당근 줄기가 우수수 쏟아졌다. 스케이트를 타고 매끄러운 빙판을 달릴 때에 버금가는 쾌감. 쓱쓱싹싹 리듬에 맞춰 다라이는 금세 주황 더미로 가득 찼다. '어라? 나 이런 일 잘하는 사람 아닌데.' 찬장을 뒤져보니 오일, 식초, 후추, 겨자, 레몬즙 등 당근 라페 소스 만들 재료도 완벽했다. 그렇게 채칼 성능을 알아보려고 시작한 당근 라페 만들

기는 내 마음에 '요리 바람'을 잔뜩 불어넣는 사태를 일으키고 말았다.

당근 라페는 채 썬 당근을 오일과 식초에 절여 피클처럼 꺼내 먹는 음식이다. 고로 당근을 채 써는 과정 빼고 딱히 조리 과정이랄 게 없어 누구나 간단히 만들 수 있다. 난 채칼 앞에서 당근이 별다른 저항 없이 주황색 줄기가 되어 차곡차곡 쌓이는 모습이 좋았다. 당근을 절일 소스에 오일을 많이 넣으면 오일 맛이 많이 나고, 식초를 많이 넣으면 신맛이 많이 나는 과학적인 정직함도 마음에 들었다. 시간이 지날수록 조금씩 익어가는 변화를 입으로 실감하는 과정 역시 좋았다. 이상한 일이었다. 요리를 멈출 수가 없었다.

이번엔 수납장에 처박아둔 나베 냄비를 꺼냈다. 배추와 소고기를 겹겹이 쌓은 다음 숭덩숭덩 크게 썰어냈다. 멸치와 다시마로 국물을 내고 좋아하는 표고버섯은 레시피보다 두세 개 더 준비했다. 국물 간을 맞추겠다며 조선간장과 진간장을 구분해 한 스푼, 두 스푼 계량해 넣는 내 모습이 어색했다. '난 짜지 않아서 좋은데 누군 밍밍하다고 욕하겠군.'

거실 테이블에 부루스타를 올려놓고 나베를 개시했다. 불은 제멋대로여서 위험해, 방심하지 말자. 생각보다 너그러운 속도로 배추와 고기를 익혀주는 부루스타. 시시각각 변하는 배추와 고기 식감에 코스 요리를 먹는 것 같은 만족감을 맛봤다. 따뜻한 국물에 눈물이 살짝 고일 정도로 뺨이 붉게 상기됨을 느끼며 든든한 한 끼를 마무리했다.

당근 라페는 내가 먹는 요리 어디에도 빠지지 않는 주식이 되었다. 샌드위치에 넣어 먹고 계란말이와 곁들여 먹고 매운 소스를 곁들여 김치처럼 먹기도 했다. 여러 번 만들다 보니 나만의 소스 비율도 생겼다. 이런 변화를 나보다 놀라워하고 신기해한 사람은 바로 곁에서 모든 과정을 지켜본 설쌤이었다. 내가 해준 요리를 가만히 받아먹을 때마다 이게 대체 어떻게 된 일일까 의아해하면서도 기뻐했다. 아기 새처럼 설쌤이 해주는 음식만 받아먹던 사람이 갑자기 척척 요리해서 내놓으니 얼마나 신통방통했을까? 어떤 재료를 사용해서 어떤 과정으로 만들어지는지 다 아니까 한입 한입 먹을 때마다 맛이 다르게 느껴진다고 내가 말하자, 설쌤은 요리하는 기쁨을 나와 함께 공감할 수 있는 날이 온 게 믿기지 않는다며 눈물겨워했다.

요리 하나를 정복할 때마다 가상의 누군가가 쿠폰에 도장을 찍어주기라도 하는 것처럼 뿌듯함에 가슴이 벅차올랐다. 그 쿠폰을 다 채워서 보상으로 받고 싶던 것은 무엇이었을까? 얇게 조각나 산더미처럼 쌓여가는 당근과 함께 묻어버리고 싶던 건 무엇이었을까? 더하면 더하는 대로 덜하면 덜한 대로 내 손으로 컨트롤하고 싶던 건 단맛 짠맛뿐이었을까? 아니면 자꾸만 혼란해지는 마음이었을까?

　요리에 잔뜩 홀린 채 1월이 아무 일 없이 지나갔다. 브로
콜리 샌드위치를 해 먹은 날과 두유 리소토를 해 먹은 날 그리
고 배추와 감자를 넣어 파스타를 해 먹은 날 사이, 그 어디쯤
위치한 아빠의 1주기도 무사히 넘겼다. 그날 느낀 헛헛함을
과메기 쌈에 마늘이랑 같이 싸 먹었는지 불고기 볶음이랑 같
이 볶아 먹었는지 잘 기억도 안 난다.

　사랑하는 사람과의 이별, 불길한 연락에 대한 막연한 불
안감, 시간이 시간대로 지나가 버렸다는 허망함. 너무 사랑하
는 아빠와 제대로 된 작별 인사 없이 헤어져서 그런가, 내 마
음대로 통제할 수 없는 무수히 많은 혼란 속에서 나는 단단한
당근과 채칼을 쥐자고 마음먹은 게 아닐까. 세상의 어떤 요소
는 아주 작고 하찮은 정도라도 내 손 안에 꼭 쥐어진 채 원하
는 대로 쥐락펴락할 수 있다고, 내 입맛에 맞춰 달달 볶아진다
고, 내게 있는 미약한 통제감을 맛있게 씹고 뜯고 맛보면서 자
꾸만 불안해지는 마음을 달래고 싶었던 건 아닐까. 에이, 이런
저런 가설만 늘어놔봤자 헛수고다! 살기 위해 마음이 작동하
는 원리는 너무 복잡해서 가끔 그 앞뒤를 알 수가 없으니까.

　어쨌든 2월의 나는 튼튼하게 생존해 있다. 요리 쿠폰에
도장을 꽉 채워 얻은 건 다름 아닌 살 1.5킬로그램이라는 사실
이 그저 암담할 뿐. 이번 달엔 운동을 하며 나 자신을 컨트롤

「당근 4개 기준으로
제가 쓰는 소스 비율을
알려드릴게요!」

[소금]
다라이 세 바퀴 정도 둘려주면 끝!
간 맞추기용이라기 보단 절이는 용도

올리브유 두 큰술
[바쏘 엑스트라 버진 올리브유]
라페에서 서양맛을
올려주는 올리브유.
은근히 존재감이 커서
한큰술을 반만 넣어도 좋은
잘못하면 너무 느끼해진다!

사과식초 두 큰술
[브래그 애플 사이다 비네거]
맘이 넣을수록 감칠맛 상승
다만, 너무 많이 넣으면
시큼한 피클 느낌이 커져서
샌드위치 속으로 활용하기 힘들다.

발사믹식초 한큰술
[에세토 발사미코]
사과식초 대신
발사믹으로 모두
대체 가능하지만..
비싸서 한큰술만
넣는다.. 나는 그렇다..

아가베 시럽 한큰술
[커크랜드 블루아가베]
올리고당, 설탕, 시럽
무엇으로도 대체가능.
가능한 건강한 재료로
선택하면 이롭편하다.
하지만 충분히 달아야
맛있으므로 한큰술 크게 넣기!

홀그레인 머스타드 소스 세큰술
[케네 홀그레인 머스타드]
라페 안의 핵심!
맵싸-깔끔~담담
많이 넣어도 생각보다
자극적이지않으으로
듬북듬북 넣는 편.

[후추]
먹기 직전,
기호에 맞게
아그득바그득
후추까지
뿌려주면
-끝-

225

해볼까? 왜 운동에는 마음이 하나도 동하지 않는 걸까? 그래, 1월을 무사히 지나 보내기 위해 요리를 했다는 건 다 구차한 변명일지도 모르겠다. 맛있는 음식을 맛있게 요리해 먹고 싶은 마음에 구차하게 다른 이유를 덧씌우지 말자. 많이 먹으면 먹는 대로 살이 찌는 몸처럼, 식초를 많이 넣으면 시큼해지는 당근 라페처럼 정직하고 단순하게 살도록 하자.

우리의 등이
평평한 이유

끊임없이 밀려 들어오는 사람과 끊임없이 돈을 쓸어 모으려는 사람의 합이 기가 막히게 맞아떨어지는 서울. 덕분에 서울에는 별의별 형태의 집이 다 있다. 취업 준비생 시절 내가 묵었던 셰어하우스의 방 한 칸 또한 서울의 그 어떤 자취방과 견주어 보아도 뒤지지 않을 만큼 개성 있는 형태였다. 물론 흠도 개성이라고 할 수 있다면 말이다. 그 방은 수저통처럼 한쪽 벽만 상대적으로 길게 뻗어 있었는데, 이유인즉슨 베란다로 만들어진 곳을 나중에야 실내용 방으로 개조한 탓이었다.

방문은 옷깃만 살짝 스쳐도 쾅! 소리를 내며 닫혔다. 마치

하늘에서 무거운 물건이 떨어지듯 문이 문틀에 내리꽂혔달까. 바닥이 기울었는지, 거실과 방의 기압 차이가 있었는지 모르겠지만 그 쾅쾅 소리는 베란다였던 방의 태생적 허술함을 시도 때도 없이 고발하는 듯했다. 룸메이트들에게 소음 공해를 끼치게 된 점은 미안했지만 정작 방 주인인 나는 그 소리가 크게 거슬리지 않았다. 비슷한 크기의 자취방에 비해 '0' 하나가 적은 보증금과 시세의 절반밖에 되지 않는 월세를 생각하면 모든 걸 눈 감을 수 있었다. 아, 귀를 닫을 수 있었다고 해야 하나?

    종일 학교 도서관에서 공부하다 밤늦게 기어들어 와 잠만 자면 그만이었던 베란다 방은 집이라기보다 숙소라는 호칭이 더 어울렸다. 훌쩍 떠났다가도 언제든 돌아오고 싶은 곳이 아니었으니까. 무엇보다 그 방에선 편히 잠든 적이 없었다.

안 그래도 좁은 방에 더 비좁은 수저통 같은 침대에 눕기 위해서는 어쩔 수 없이 작달막한 숟가락이 될 수밖에 없었다. 그렇게 공손한 자세로 아무리 기다려봐도 잠은 찾아오지 않았다. 끝과 시작이 영원히 맞물리는 초침보다 더 초조한 내 심장박동 소리를 들으며 거의 매일 밤을 감은 눈으로 지새웠다. 시야에 암막 커튼만 쳤다 뿐이지 정신은 깨어 있었다. 고요와 어둠은 나의 불안을 더 선명하게 밝혀주었고 점점 커지는 내 박동소리는 어느새 전보가 되어 "어서 여길 벗어나. 온 힘을 다해"라는 메시지를 맘속 깊이 아로새겼다. 전보를 받아 든 나는 아침이 되자마자 헐레벌떡 피곤한 몸을 이끌고 도서관을 향했다. 얼른 취업해서 그 방을 탈출하고 싶었다.

밤마다 가슴을 죄어오는 불안이 어둠과 함께 물러가지 않고 해가 뻗히 떠 있는 대낮까지 나를 괴롭히기 시작했다. 도서관 책상에 앉아 있는데 쿵쾅거리는 심장박동이 너무 커 건너편 학생에게까지 전달되는 건 아닐까 걱정될 지경이었다. 잠을 자야 했다. 하루만이라도 아무 걱정 없이 푹 자고 싶었다. 당장 안정적인 일자리를 구할 수도 없고 모든 걸 내려놓고 도망가 숨을 곳조차 없던 나는 곰곰이 궁리했다. 그러다 당시 사귀던 남자친구를 몰래 내 방에 들여야겠다는 생각에 이르렀다. 룸메이트들의 생활 패턴을 꿰고 있던 터라 남자친구를 셰어하우스에 잠입시키는 일은 어렵지 않았다. 이미 때늦은 밤, 헐거운 베란다 방의 문을 꼭 잠그고 남자친구와 나는 수저통 같은 침대에 누웠다. 그렇게 20대 청춘남녀가 몸을 꼭 맞대고 한 일이라곤 서로 품에 안은 이의 등을 토닥토닥 두드려주는 것뿐이었다. 토닥토닥, 토닥토닥, 토닥토닥. 불안한 박동 소리를 덮을 만큼 크게, 하지만 잠을 방해하지 않을 정도로 부드럽게.

그 토닥이는 소리에 의지해 깜깜한 잠길을 걸었다. 그 소리를 따라가면 발을 헛디딜 일도 없고 길을 잃을 것 같지도 않았다. 처음부터 목적지가 없으니 길을 잃는다는 개념 자체가 존재할 수 없었다. 토닥거리는 두드림은 어느새 몸통으로 들어와 더 크고 잔잔한 울림이 되었고 머리꼭지부터 발끝까지 피보다 따뜻한 기운을 퍼트려주었다. 무얼 해야 하는지, 어디에 있는지 아무것도 모른 채로 꿈도 꾸지 않고 편안하게 잠만 잤다.

심장의 대척점 되는 위치, 그러니까 등 한가운데에는 버튼이 있는 게 분명했다. 몇 차례 두드리면 마법처럼 불안을 꺼주는 버튼. 그 버튼이 하필 자기 손으로는 아무리 애써도 닿을 수 없는 위치에 존재하는 이유는 무엇일까? 불안을 멈추기 위해서는 내가 아닌 남에게 등을 믿고 맡길 수밖에 없다는 뜻일까. 나는 애초에 나 홀로 살 수 없게 설계되어 있는지도 모르겠다. 하지만 웬걸, 가장 불완전한 부분을 찾아내고 나서야 나

는 내가 비로소 완전해졌다는 느낌을 받았다. 그건 아주 기분 좋은 발견이었다.

　그때의 난 어떻게 알았을까? 불안에 잠식된 베란다 방에서 단잠을 끌어낼 수 있는 건 비단 이불도 깃털 베개도 아닌 따뜻한 누군가의 품속이라는 사실을. 사람이 사람답게 살려거든 내 한 몸 뉠 곳은 없어도 마음속 누울 자리는 필요함을 의식 저편에선 진작 알았던 게 아닐까. 사람은 사람에 의지해 살아가는 존재란 걸 알면서도 부정해왔다. 사람만큼 불안한 존재는 없으니까. 불안한 땅에 뿌리 내리고 싶어 하는 씨앗은 없으니까. 차라리 혼자가 되자. 홀로 완벽한 운영체제가 되자고 마음먹었다. 하지만 누군가에게 기대기 딱 좋게 생긴 등 덕분에 그 헛된 환상은 쉽게 무너지고 말았다. 토닥토닥 그 환상에 균열을 일으키던 손짓은 어느새 환상이 무너진 자리의 먼지까지 부드럽게 털어내주었다. 벼랑 끝에서 떨어져도 그 아래 구름같이 폭신한 것이 나를 받쳐주리라는 단단한 믿음. 그 믿음이 내겐 사랑이다. 불안이 턱 끝까지 차오를 땐 생각한다. 등이 평평한 이유를.

　잠 못 드는 밤, 내 등을 토닥여주던 그 친구와 연인으로서 연은 비록 끝이 났지만, 그와 함께 나눈 시간을 통해 익힌 사랑은 여전히 내 몸 곳곳에 남아 있다. 자전거 타는 법은 한번 익혀두면 오랜 시간이 지나도 몸이 알아서 기억하는 것처럼. 사랑하는 동안에 사람에게 의지하는 법을 배웠고 그 배움은 아직도 진행 중이다. 의지는 의존과는 다르다. 기대고 있던 대상이 홀연히 사라졌을 때 의존하던 사람은 휘청거릴지 몰라도 의지하던 사람은 무너지지 않는다. 의지함이란 결국 나를 응원해주는 상대방 마음속에 있는 나를 믿는 행위니까. 세상에서 가장 멋지고 훌륭한 눈을 통해 나를 바라보는 행위니까. 건강하게 잘 의지했던 경험은 나를 무너트리기는커녕 나를 곧게 일으켜 세운다. 어느 순간 누가 누구에게 기대어 쉬었는지 분간하기 어려울 정도로 서로가 서로에게 힘을 주는 관계.

　부지런히 노동하고 성실하게 돈을 모아 튼튼한 집을 마련하는 일만큼 마음속에 터를 짓는 일도 중요하다. 세상에는 걸어 다니는 폐허들이 너무 많다. 번듯한 집을 두고도 갈 곳 잃은 발걸음들로 분주하다. 무엇에 위로받아야 하는지 어디에 기대 쉬어야 하는지 제때 고민하지 못하고 제때 터를 짓지 못한 탓이다. 그래서 난 주머니는 가난한 채로 맘속으로는 아주 사치스러운 꿈을 꾸는 중이다. 바로 평생 사람들과 함께 부대끼며 살고 싶다는 소망이다. '나 홀로 우뚝' 말고 '우리 함께 끈끈히' 살아가고 싶다.

우리 안에 포함되는 대상은 다양하다. 사랑하는 우리 설쌤, 나와 똑 닮은 우리 언니, 싸우고 토라져도 다시 또 붙어 있는 우리 친구들. 누군가에겐 반려동물이, 누군가에겐 덕질 대상이 우리의 일원이겠지. 남이 보기엔 불안해 보이는 각각의 것이 그 부족한 틈 사이로 서로 비집고 들어와 뭉칠 때 단단하고 끈끈하고 미련 가득해지는 우리가 좋다. 삶을 끌어안은 두 팔 한가득 힘이 실린다. 그리고 종종 잊지 말라고 토닥토닥 두드려준다. 내가 네 곁에 있다고. 우리는 계속해서 '우리'라고.

저마다
보름달을 꿈꾸며

금방 커피를 내려드릴게요~
에스프레소 머신도 있지만
번달샵 시그내처는 드립커피랍니다.
한방울씩 뚝뚝 떨어트려 만든
정성의 손맛이랄까나?
썸쌤이 끓이는 법을 가르쳐줬어요.
처음엔 순서가 너무 헷갈리고
외울 숫자 돋도 무척 어렵게 느껴졌지만
이젠 혼자서도 천천 잘해여요!

(호호
그것이 나의
쿡그림~)

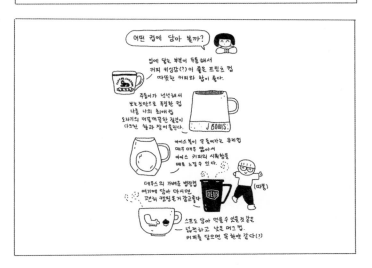

어떤 컵에 담아 볼까?

입에 닿는 부분이 두툼해서
커피 커싱감(?)이 좋은 프링츠 컵
따뜻한 커피와 함이 좋다.

주둥이가 넉넉해서
보노것안으로 투정한 컵
나를 나의 최애컵
도사기의 머리꺼끌한 질감이
다크한 참과 잘어울린다.

아이스 북이 쏙들어가는 유리컵
매우 매우 얇아서
아이스 커피의 시원함을
배로 느낄수 있다.

데우스의 가벼운 법랑컵
여기에 담아 마시면
괜쳐 캠핑온거 같고좋다

(따봉)

스토 담아 먹을수 있을컵 같은
넙적하고 낮은 머그컵.
커피를 담으면 딱 한맛 같다(?)

에필로그

반달집
동거 기록을 마치며

갈월동에 터를 잡은 지도 어느덧 꼭 채워 2년 반. 반달집에 살면서도 벌써 반달집이 그립다. 페인트칠하고 창문틀 갈고 못질하며 집에 쏟은 정성이 이렇게나 무섭다. 그새 반짝반짝 빛나던 반달집은 군데군데 생활 때가 묻었다. 복작복작 귀엽던 수납장과 부엌 선반은 미어터질 듯한 생필품 무더기로 종종 스트레스를 준다. 설거지는 왜 이리 빨리 쌓이고 쓰레기통 비우는 날은 어쩜 이리 자주 찾아올까? 조금 더 큰 냉장고가 있었으면, 조금 더 넓은 침대가 있었으면, 조건이 더 좋은 집을 얻을 수 있다면…….

특별한 날이 평범한 일상이 되고 뜻밖의 결과가 당연한 결론으로 여겨지는, 시간이 주는 선물이자 형벌인 익숙함이 찾아오고 말았다. 두 사람의 꿈을 담은 반달집이라는 이름보다 2인 가정이 살아가는 16평 남짓한 셋방이라는 물질적 가치가 더 크게 자리 잡은 지금. 딱 이 시점에 이르기 전까지 많은 글을 남겨두고 싶었다. 나와 설쌤의 관계가 단단해지기까지 반달집의 역할을 잊고 싶지 않았다. 먼 훗날, 반달집이든 해님집이든 뭐라 불려도 상관없는 인생의 변수로 반달집을 남겨두긴 싫었다. 다행히 그 특별함이 가시기 전, 적기를 잘 맞춘 것 같다. 그것만으로도 이 책은 큰 의미가 있다.

글을 쓰면서 뒤늦게서야 깨달았다. 집에 대해 글을 쓴다는 건 사람과 삶을 담는 큰 그릇을 이야기하는 엄청난 일이란 사실을. 반달집에서 사는 동안 30대에 들어섰고, 직업이 홀라당 바뀌었고, 가슴을 도려내는 상실의 아픔도 겪었다. 마냥 행복했다고도 그저 힘들었다고도 할 수 없는 그 시간을 차마 흘려보낼 수 없어 꼭 붙잡고 기록했다. 써 내려가는 사이 소중한 인연을 떠올리며 애달픈 마음이 되기도, 훌쩍 열두 살로 돌아가 못 이룬 소망을 풀기도, 깊은 곳에 숨겨두고 외면했던 어두운 얼굴을 마주하기도 했다. 매우 방대하고 무척 내밀한 사정을 드러낸다는 부담감에도 다만 솔직하고 씩씩하게 이야기하려고 노력했다. 나는 솔직하고 씩씩한 사람이니까.

하루치 일기일 땐 보이지 않던 것이, 연 단위로 모아놓으니 보인다. 나와 설쌤이 함께 보내는 하루가 우리 관계 전체를 아우르는 모양과 닮아 있다. 마치 프랙털 구조처럼. 덕분에 반달집 동거 기록을 한마디로 요약할 수 있게 됐다. 지금 여기 너와 있겠다는 선택. '무엇을, 어떻게, 왜'라는 질문을 뒤로하고 '언제, 어디서, 누구와'를 중심에 놓는 안정감 있는 삶. 훌쩍 떠났다가도 언제든 돌아갈 수 있는 곳. 사랑하는 당신과 지금 여기에 생생히 살아 있음을 느끼게 해주는 순간. 그 모든 것을 누리는 우리가 사는 우리 집. 내게도 그런 곳이 생겼다.

반달집에 초대받은 독자의 마음에는 무엇이 남았을까? 궁금하기도 하고 일견 두렵기도 하다. 어떤 삶을 선택하든 타인의 허락은 필요치 않으며, 남이 인정해준다고 해서 삶의 가치가 더 올라가지 않는다. 잘 알면서도 사람들이 나와 설쌤을 하나의 완성된 가족으로 봐주길 바라는 마음이 한구석에 자리 잡고 있었나 보다. 실상은 서른 편이 넘는 글을 쓰고도 여전히 '이게 맞나?' 긴가민가하며 살아가는 중인데도 말이다.

살아가는 일에도 사람과 어울리는 일에도 100퍼센트 확신이란 없다. 그저 좋아하는 것을 좇다 보면 좋은 사람을 만나게 되고, 좋은 사람과 어울리다 보면 좋은 일을 도모하게 된다는 믿음이 이 책을 통해 더 굳건해지길 바라며, 모든 반달이 저마다 보름달을 꿈꾸길 바라며,

"반달집 동거 기록과 함께 해주셔서 감사합니다."

2023년 6월

정송이

갈월동 반달집 동거기

초판 1쇄 발행 2023년 6월 5일

지은이 | 정송이

펴낸곳 | 정은문고
펴낸이 | 이정화
디자인 | 원선우

등록번호 | 제2009-00047호 2005년 12월 27일
주소 | 서울시 마포구 동교로13길 60 503호
전화 | 02-392-0224
팩스 | 0303-3448-0224
이메일 | jungeunbooks@naver.com
블로그 | blog.naver.com/jungeunbooks
페이스북 | facebook.com/jungeunbooks

ISBN 979-11-85153-56-8(03810)

책값은 뒤표지에 쓰여 있습니다.

본 도서는 카카오임팩트의 출간 지원금을 받아 만들어졌습니다.